LUCCIOLE

Dello stesso autore
nel catalogo Marsilio

Storia confidenziale dell'editoria italiana

Gian Arturo Ferrari

La storia se ne frega dell'onore

Marsilio

Prima edizione: aprile 2024
ISBN 978-88-297-1544-2
www.marsilioeditori.it

LA STORIA SE NE FREGA DELL'ONORE

I

Dal fondo del corridoio il maresciallo adibito a funzioni di usciere vede avvicinarsi al suo banchetto una figura sbilenca. Che avanza con un'andatura per niente marziale, come se andasse a passeggio, e viene a fermarsi proprio di fronte a lui. Quasi sempre in quel corridoio tutti si presentano impettiti in una posa ufficiale, esibiscono la loro miglior tenuta. Molti in divisa, in genere del partito, gli altri in borghese, ma tutti comunque con abbondanza di distintivi, nastrini, sciarpe e fregi. Tirati a lucido. Patacche, pensa in cuor suo il maresciallo, che si guarda bene dal lasciar trapelare questo sentimento. Ma patacche con uno scopo, che è quello, ormai l'ha capito, di mettere e tener sotto gente come lui. Il tale che adesso sta in piedi lì davanti non è di sicuro un superiore, semmai uno addirittura inferiore a lui, l'inferiore di un inferiore, praticamente una nullità. I lunghi anni passati in una stazione dei carabinieri di provincia hanno abituato il maresciallo al colpo d'occhio, a farsi un'idea istantanea di chi ha di fronte. Questo ha l'aria di uno scioperato, di un uomo da caffè, di quelli con la cicca in bocca e l'alito che sa di sambuca. Vestito male, un vecchio trench color coloniale che gli arriva quasi alle caviglie sopra una giacca senza forma. Camicia nocciolina piuttosto stazzonata che avrebbe anche bisogno di un energico lavaggio, una brutta cravatta a losanghe bordò. Ma soprattutto il modo di fare: esitante, incerto, segno di mancanza di determinazione, cosa supremamente da evitare in un'epoca perentoria come questa, da non mostrare mai. La somma degli indizi identifica uno scocciatore, un intruso che chissà come è riuscito a infiltrarsi oltre la barriera dei colleghi giù a pianterreno. Di conseguenza il maresciallo invece del consueto «Prego?» gli rivolge un poco amichevole «Cosa volete?», mentre nota che il tizio tiene tutt'e due le mani in tasca.

«Sono stato convocato» biascica il tale. E

con un mezzo sorriso (di scherno?) aggiunge: «Credo che mi abbiate chiamato proprio voi.»

Ah, pensa il maresciallo, dunque è questo qui. Me l'immaginavo tutto diverso quando ho telefonato ai misteriosi uffici in fondo al cortile. «Vi faccio accomodare» dice, non prima di essersi ad ogni buon conto alzato in piedi, non proprio sull'attenti ma quasi: non si sa mai. Va dall'altra parte del corridoio, fino all'imponente porta impiallacciata in radica, con ogni evidenza una fresca miglioria dato che per il resto il palazzo ha una sua sobrietà settecentesca. Bussa lievemente, un pro forma, ma lascia che sia l'uomo con il trench ad aprire la porta, un po' per non sembrare troppo servile, un po' per vendicarsi del sorrisetto. In questo modo è riuscito – grazie a Dio – a fargli tirar fuori la destra dalla tasca, almeno quella.

La stanza in cui l'uomo con il trench entra (ma forse si dovrebbe dire l'ufficio, lo studio, o forse la sala, meglio di tutto – e considerate le dimensioni – il salone) è lunga e cavernosa. Il corridoio era fortemente illuminato e adesso per contrasto ha l'impressione di trovarsi in un antro semibuio. Il grande lampadario al centro è spento, l'unica luce viene dalla porta finestra sul lato breve, in fondo. Un raggio di sole d'ottobre, pallido e pulito, illumina di spalle una figura massiccia, nera nel controluce, in piedi dietro una scrivania anch'essa in radica, bastionata come una fortezza, tutta archi, nicchie e cornicioni.

«Buongiorno» dice l'uomo con il trench non sapendo cos'altro dire. La telefonata gli aveva solo ingiunto di presentarsi immediatamente nell'ufficio del prefetto, che peraltro lui non ha mai visto. La figura nera non dice parola, si limita a fissarlo con uno sguardo corrucciato. L'uomo capisce o crede di capire. Si accorge di avere ancora la sinistra in tasca: la tira fuori, si raddrizza e solleva il braccio destro nel saluto romano. «Camerata prefetto!» dice stentoreo.

«Non sono il prefetto.» La figura nera si decide a parlare. «Mi ha solo prestato il suo ufficio. Arrivo da Roma, sono stato avvertito ieri sera di questo... disastro. Ho viaggiato tutta la notte in vagone letto.» Un gesto di fastidio, come se il ricordo della nottata non fosse particolarmente piacevole. «Ad ogni modo sono il referente del caso, il responsabile delle indagini.»

«A vostra disposizione, ma permettete che intanto mi scusi per... tutto. Per l'atteggiamento, per l'abbigliamento eccetera. Il povero commissario ci aveva addestrato così. Non dovevamo esibire mai nessun segno di appartenenza, non dovevamo farci notare. Né distintivi, né toni d'autorità, per non parlare del saluto romano. Abitudini e vestiti i più comuni possibili, anonimi, meglio se scadenti. Voleva che fossimo invisibili. Scusate ancora.»

«Va bene, va bene, ma ormai che cosa importa? Lasciate pur stare. Piuttosto veniamo al dunque, abbiamo poco tempo. Mi hanno detto che siete stato voi a scoprire il fatto. Adesso voglio sapere come sono andate le cose. Piano e con calma.»

«Come desiderate. Ecco, io ieri sera...»

«A che ora?»

«Verso le sette.»

«Bene.»

«Ecco, io verso le sette di ieri sera sono andato all'appuntamento che avevo ogni domenica con il commissario per mettere assieme l'agenda della settimana successiva.»

«Dove?»
«Nella villetta dalle parti di Taliedo che usava in questo periodo.»
«Che cosa vuol dire "che usava in questo periodo"?»
«Aveva sempre un posto per gli incontri riservati. Lo teneva per diversi mesi e poi lo cambiava.»
«Un posto?»
«Un appartamento vuoto in attesa di essere ristrutturato, o ancora meglio una villetta pronta per essere demolita.»
«E questi posti li cambiava di frequente, dite... Ma come faceva a trovarli?»
«Glieli procuravo sempre io, era uno dei miei compiti.»
«Ma voi, di preciso, che funzioni avete?»
«Sono, cioè ero, addetto a lui, il suo ausiliario. Una specie di assistente personale.»
«Capisco. Mi sfugge però la ragione di un sistema così complicato. In genere anche i contatti riservati noi li teniamo in qualche nostra sede, che so, qui in prefettura o in questura, o magari in qualche caserma. A parte l'avere a disposizione piantoni, uscieri e tutto l'apparato, c'è anche il fattore psico-

logico. Queste sedi fanno sempre una certa impressione. I nostri... collaboratori si devono rendere ben conto che hanno a che fare con l'autorità costituita.»

«Sì, certamente, ma il commissario teneva soprattutto alla riservatezza. Voleva tutelare le sue relazioni e principalmente i suoi informatori. Pensava, e diceva, che così sarebbero stati molto più utili, che avrebbero detto molte più cose se il contesto fosse stato quello di un rapporto diretto, con una persona, cioè con lui, di cui col tempo avrebbero imparato a fidarsi. Anziché con un'istituzione poliziesca. Non credeva nell'incutere paura, credeva nella confidenza. Nell'impulso irresistibile, che secondo lui tutti hanno, di raccontare le cose più segrete che sanno, di dire proprio quello che non si dovrebbe mai dire. A patto, naturalmente, di potersi sentire a proprio agio, di non essere spaventati.»

«Una teoria interessante, andiamo avanti.»

«La porta esterna della villetta era chiusa, ma non a chiave. Molto strano, perché se anche uno è dentro da solo di regola deve sempre chiudere la porta esterna a chiave.»

«Voi l'avete mai trovata aperta?»

«No, mai.»
«Ce l'avete la chiave?»
«Certamente, ma come dicevo non ne ho avuto bisogno.»
«E chi altro ce l'ha?»
«Che io sappia nessuno. Ma non so se il commissario l'ha data a qualcun altro. Potrebbe essere, ma per come lo conosco tenderei a escluderlo, anche se non posso esserne sicuro.»
«Vabbè, ma almeno il piantone ce l'avrà avuta questa chiave, no?»
«Scusate?»
«No, dico, si sarà pur portato dietro un piantone! Mica sarà andato lui ad aprire la porta, quando qualcuno dei suoi informatori suonava! E questo piantone la chiave ce l'avrà ben avuta.»
«Scusate, scusate, ma le cose non stanno assolutamente così. Mi rendo conto che è tutto molto strano, ma il commissario, come immagino saprete, era un originale. Ora, nel nostro caso di piantoni non si è mai parlato. Non li ha mai chiesti né ha mai voluto averne. Faceva tutto lui. Lo diceva esplicitamente. Anche a me, e lo ripeteva, per giustificar-

si, proprio quando mi escludeva da ogni informazione, fosse pure la più innocua. "Abbiate pazienza" mi diceva, "ma io sono un solista."»

Il responsabile venuto da Roma si passa le mani sulla faccia, come se volesse trattenersi dal dire qualcosa. Poi, con voce alterata, sbotta: «Questo è assurdo! Una delle regole di base è che bisogna sempre, dico sempre, essere almeno in due. Una precauzione elementare: queste situazioni, come si è ben visto, possono prendere una piega molto pericolosa.»

«Cosa volete che vi dica, questi erano i suoi ordini.»

«Bene, cioè male, molto male. Anche voi, badate bene, siete responsabile. Di fronte a una violazione così palese delle norme di sicurezza avreste dovuto reagire. Capisco la gerarchia, gli ordini ricevuti, l'obbedienza eccetera, ma l'uso del cervello resta obbligatorio. Di questo parleremo dopo, intanto andiamo avanti.»

«Sono entrato e sono andato in cucina, dove ci incontravamo di solito.»

«La casa è vuota?»

«Completamente. Le svuotiamo sempre

prima di usarle, lasciamo solo un tavolo e qualche sedia, appunto in cucina.»

«Perché in cucina?»

«Non lo so, non ci ho mai pensato, abbiamo sempre fatto così. Forse perché lì c'è l'acqua, per ogni evenienza. O forse perché è vicino all'ingresso, la prima stanza dopo l'entrata.»

«Andiamo avanti.»

«E lì in cucina, per terra, dietro il tavolo, c'era il corpo del commissario. Due colpi di pistola, uno al torace e uno alla testa, in piena faccia. Il primo a quanto risulta sparato da una certa distanza, qualche metro; il secondo da vicino, ma non a bruciapelo. Dall'alto verso il basso, come se l'assassino avesse tenuto il braccio teso in avanti e in giù. Comunque non è stato il lavoro di un professionista.»

«Perché?»

«Perché un professionista avrebbe sparato due colpi al petto e due alla testa. Non avrebbe rischiato nulla.»

«E oltre al cadavere? Bossoli?»

«Sì, due. Ma per il resto niente, solo molto sangue, non ancora del tutto secco.»

«Dunque il primo colpo è stato sparato di fronte, da qualcuno che era scostato dal tavolo, forse mentre arrivava o forse mentre si stava allontanando. Il secondo, invece, quando il commissario era già a terra. Che cosa dice il medico legale?»

«Dice che dev'essere stato ucciso tra le tre e le quattro del pomeriggio.»

«E lui, il commissario, quando è stato colpito era in piedi o seduto?»

«Dalla traiettoria e dalla posizione della prima pallottola il medico dice che doveva essere seduto, ma poi è caduto, e infatti la sedia è ruzzolata a terra.»

«Cosa sappiamo della pistola? Hanno fatto le analisi?»

«Si sono dati da fare, vista l'importanza del caso. E non era neanche così difficile. Sembra che si tratti di una Glisenti 1910, la cosiddetta Luger dei poveri, un'arma della Grande guerra, in dotazione agli ufficiali. Quelli delle retrovie però, non quelli che combattevano in prima linea.»

«Dunque, tornando a noi, dopo la scoperta del cadavere voi che cos'avete fatto?»

«Mi sono sentito male e sono andato a vomitare al cesso. Anche se mi teneva sempre a distanza, ero legato al commissario.»

«Lasciamo stare... E dopo?»

«Ho seguito le nostre istruzioni, che per casi d'emergenza come questo sono tassative: non toccare niente, allontanarsi subito, fare rapporto, cioè riferire a voce senza usare il telefono. Ho chiuso la porta con la mia chiave e sono andato a prendere la macchina di servizio che avevo lasciato due vie più in là. Il commissario non vuole che ci si fermi vicino alla villetta, lui addirittura viene in tram e poi a piedi. In macchina sono arrivato qui, in prefettura, ho fatto rapporto al nostro funzionario di turno e ci sono rimasto tutta la notte. Giù mi hanno dato una branda e mi hanno detto di aspettare.»

«Sul luogo del delitto, lì nella villetta, c'era qualche cosa di rilevante, di significativo?»

«No, assolutamente nulla.»

Il responsabile venuto da Roma rimane zitto per un po', poi, come riscuotendosi: «Vi hanno fatto il guanto di paraffina?»

«Come? Ma cosa dite! Non penserete che io possa...»

«Io non penso niente. Questa è la procedura fissa. Adesso ve lo farò fare.»

L'assistente scuote la testa, poi l'abbassa e

fissa la punta delle scarpe. Scarpe vecchie, piuttosto scalcagnate, in omaggio alla predicazione di invisibilità del defunto commissario.

Entrambi, lui e il responsabile venuto da Roma, sono ancora in piedi. Non si sono messi a sedere, nonostante il salottino – sempre in radica – strategicamente disposto dal prefetto subito dopo l'ingresso nel salone. L'uomo di Roma, però, ha abbandonato il baluardo della scrivania e si è avvicinato all'assistente, come per squadrarlo meglio. A sua volta l'assistente può così vedere tutto quello che prima non aveva potuto notare. Faccia pesante e macchiata con capillari rotti: l'uomo mangia e beve. Capelli radi e neri (tinti?) incollati al cranio, come tante righe tracciate con la china. Abito molto curato (si è cambiato dopo la notte in treno?), buona stoffa di vera lana, non lanital, camicia di seta, gemelli d'oro, scarpe cucite a mano, lucidissime. Il tutto avvolto in una generosa nube di profumo. Tabacco d'Harar, lo riconosce immediatamente, il profumo dell'impero. Un pezzo grosso, un alto funzionario, con ogni evidenza. Origini napoletane, come si capisce dall'inflessione, e adesso comodamente sistemato a Roma, presso la direzione centrale. Con ogni probabilità arriva dalla polizia, quella normale, non dalla milizia e non dal partito. Ma per essere stato selezionato in mezzo a quella marea di questurini, tanto stupido non deve essere. Quindi è pericoloso, meglio non prenderlo sottogamba, e stare molto attenti a quel che si dice.

«Ad ogni modo» riattacca l'uomo di Roma, «che appuntamenti aveva ieri il commissario nella villetta di Taliedo?»

«Che io sappia nessuno.»

«Perché "che io sappia"?»

«Be', vedete, il commissario aveva tutta una rete di confidenti e di soggetti che gli erano per vari versi utili e che anch'io conoscevo e, in diversi casi, controllavo. O che addirittura riferivano direttamente a me. Poi però aveva anche una serie di contatti estremamente riservati. Persone che aveva reclutato lui, che rispondevano solo a lui e che solo lui conosceva. Gli "speciali" li chiamava, le rare volte che li menzionava. Io non ne sapevo niente, tranne il fatto che li incontrava nella villetta.»

«Che tipo di persone erano?»

«Come dico non lo so. Ma viste tutte le precauzioni che venivano prese mi sono fatto l'idea che fossero persone importanti e conosciute. Industriali, grandi professionisti, alti gradi militari, forse anche qualche gerarca, giornalisti di fama, perfino alcuni ecclesiastici. Gente così, la tìpica classe dirigente: la Milano che conta, in sintesi. Non credo che fossero ricompensati, non lo facevano per soldi, non penso proprio che ne avessero bisogno. Comunque tutti i pagamenti passano da me, e io non ho mai visto niente. Poi però c'erano anche persone non di grande rilievo ma molto vicine – che so, parenti, amanti, amici stretti, colleghi di lavoro –, molto vicine dico agli obiettivi, a soggetti che il commissario voleva tenere sott'occhio. Per lo più sospettati di attività sovversive, penso.»

«Quanti erano, più o meno? Questi speciali, dico.»

«Non saprei, ma dai buchi tra gli appuntamenti di cui ero al corrente direi una ventina. O una trentina, forse. Penso, anzi sono sicuro, che li vedesse circa una volta al mese.»

«Ma c'è un elenco da qualche parte?»

«No, non credo che un simile elenco nemmeno esista. Vedete, il commissario non aveva un ufficio vero e proprio, le carte di servizio le teneva qui, nell'archivio generale dell'organizzazione. E qui, abbiamo controllato, non c'è niente sugli speciali. Stanotte, dopo il fatto, noi, intendo dire i nostri uomini, abbiamo perquisito la sua abitazione: viveva da solo in un appartamentino d'affitto, ammobiliato, ma anche lì niente, niente di scritto, solo oggetti personali.»

«Quindi in conclusione questi speciali non sappiamo chi sono.»

«No.»

Il responsabile si ferma, tira fuori un fazzoletto bianco, immacolato, e se lo passa sulla faccia anche se non fa certo caldo. «Assurdo» mormora, «inconcepibile.» Guarda fisso l'assistente, ce l'ha sottomano e se la prende con lui. «È inaccettabile! Contro ogni regola, contro le disposizioni esplicite del servizio! I superiori tenuti all'oscuro! Fonti essenziali rese irreperibili!»

«Cosa volete che vi dica, il mio superiore era il commissario, non potevo certo scavalcarlo, e il commissario operava sempre così. "Quel che non si sa non si può raccontare" ripeteva sempre, era una specie di suo motto. Aveva anche una memoria di ferro, ragion per cui non prendeva mai appunti: odiava gli elenchi e non metteva mai niente per iscritto. Tutto nella sua testa, e adesso che quella testa non c'è più...»

L'uomo di Roma sbuffa e per un momento pensa di mettersi i pugni sui fianchi nella canonica posa di Mussolini. Ma non lo fa, questo assistente nonostante l'aria sdrucita non sembra uno stupido, non si lascerebbe impressionare e lui rischierebbe il ridicolo. Riflette.

«Va bbuono accussì» mormora alla fine. «Vediamo di riassumere. Dunque, ieri verso le tre il commissario era da solo nella villetta. Qualcuno ha suonato, probabilmente uno dei suoi preziosi speciali, e lui è andato ad aprire. Il supposto speciale è entrato e, cosa strana, non gli ha sparato subito, anche se si era portato dietro la pistola. Perché ha aspettato? Non lo sappiamo. Fatto sta che sono andati in cucina e si sono seduti. Avranno parlato, detto qualcosa, e a un certo punto questo misterioso informatore – non un professionista, come dite voi, una persona immaginiamo distinta – si è alzato, si è avviato verso la porta, ha tirato fuori la Glisenti e gli ha sparato. Poi è tornato indietro, gli è andato vicino e gli ha sparato un'altra volta. In faccia. Per essere sicuro di averlo ucciso? Come un ultimo sfregio? Che cos'avrà detto il commissario per indurre il supposto speciale ad ammazzarlo? Tutte cose che non sappiamo.» Si ferma, riflette ancora. «Almeno l'elenco degli appuntamenti palesi, quelli di cui eravate al corrente anche voi, ce l'avete?»

«Sì, certo, ma non qui con me.»

«E dove lo tenete?»

«A casa di mia madre, nascosto in un cassetto della mia camera, di quella che era la mia camera.»

«Iih, tutta questa segretezza! Portatemi l'elenco e convocate uno per uno quelli che hanno visto il commissario diciamo... negli ultimi quindici giorni. Li incontreremo a partire da domani, non in questa piazza d'armi, ma in un ufficetto che ci faremo dare a pianterreno. Ben distanziati, mi raccomando, che non abbiano modo di incontrarsi.»

2

Alle sette di martedì sera il poliziotto di guardia fa entrare nella stanza a pianterreno un uomo secco e atletico, il quarto e ultimo appuntamento della giornata. I tre precedenti non hanno dato alcun frutto, irrilevanti.

«Italo Brancacci» dice l'assistente, seduto a un tavolino accanto all'uomo di Roma. Che legge a testa bassa alcune carte e non parla.

«Brancacci...» mormora alla fine. «Ardito e decorato. Voi siete stato squadrista.»

«Sì, della Disperata di Brescia.»

«Marcia su Roma... e prima tre mesi di galera per violenze politiche... Avevate ucciso un sovversivo, ma vi era stata riconosciuta la legittima difesa... Poi siete entrato nella Milizia... e alla fine vi hanno espulso.»

«C'ero andato giù un po' pesante con dei comunisti.»

«Certo, certo... ma anche ubriachezza, risse, poca disciplina.»

«Quei comunisti...»

«Sì, sì, ma sono anche spariti dei soldi che vi avevano affidato...»

Brancacci drizza la schiena sulla sedia. «Calunnie, solo calunnie, sapete come vanno le cose dentro il partito, tutti contro tutti. I soldi li avevo dati a camerati in difficoltà.»

«Avete anche messo le mani addosso a un vostro superiore, un ufficiale della Milizia.»

«Un ragazzetto che mi voleva insegnare come si sta al mondo. Non gli ho fatto niente.»

«Bene, bene. E con il commissario in che rapporti eravate?»

«Buoni, direi. Mi convocava quando c'era bisogno di qualche intervento... diciamo così... un po' energico.»

«L'avete incontrato domenica scorsa: non l'altro ieri, dieci giorni fa. Che cosa voleva?»

«C'era da fare una piccola azione. Ma che fosse piccola lo diceva lui. Un tale che usciva da un portone con una borsa. Bisognava prendergliela e consegnarla a lui, al commissario.»

«E chi era questo tale?»

«Questo non lo so proprio. Mi fece vedere delle fotografie, un soggetto facile da riconoscere: alto, con i capelli a spazzola e i baffi. Ma niente nome.»

«E il portone dov'era?»

«In corso Italia al sei.»

Un cenno all'assistente che si alza ed esce. «E allora la borsa l'avete poi presa?»

«Alla fine sì, l'ho presa io, ma prima c'è stato tutto quel casino.»

«In che senso?»

«Vedete, il commissario era molto scrupoloso. Voleva che le cose fossero fatte esattamente come diceva lui. Era molto noioso, anche. In questo caso voleva una squadretta di tre. Il primo doveva urtare il nostro uomo dalla parte dove non teneva la borsa in modo che si voltasse verso di lui, lo guardasse e per un attimo rimanesse concentrato solo su quello, dimenticandosi della borsa. In quell'attimo il secondo doveva strappargli la borsa e passarla al terzo, che si sarebbe allontanato subito. In questo modo quel tale e anche i passanti avrebbero intravisto il primo e forse il secondo, ma la borsa era ormai col terzo, sparita. Io ero il terzo.»

«Ma perché tutte queste complicazioni? In fondo si trattava di una cosa molto semplice, solo di prendere una borsa. Una specie di scippo.»

«Perché, come poi si è visto, tanto semplice non era. Il commissario però me l'aveva detto, mi aveva avvertito: questo tale sembrava che tenesse la borsa solo in mano, ma in verità l'aveva agganciata a una tracolla che passava sotto il soprabito e usciva dalla tasca. Non ho mai capito come facesse il commissario a saperlo. Quindi in sostanza c'era da trafficare un po', da menare le mani, bisognava strappare o sganciare la tracolla. Per questo era meglio che al momento buono intorno a quella benedetta borsa fossimo in tre.»

«E gli altri due?»

«Quella sera sono andato all'Osteria meneghina, un posto di vecchi camerati, e infatti c'erano sia Afro Tassoni, uno squadrista dei bei tempi, grande e grosso, sia Mario Bindi, ex ardito veloce di mano: un primo e un secondo perfetti. Almeno così credevo.»

«Perché credevate?»

«Perché poi all'atto pratico hanno incasinato tutto.»

«Mi spiegherete meglio. Ma intanto procediamo con ordine. Loro hanno accettato l'incarico?»

«Subito.»

«Come mai?»

«Be', non nuotano nell'oro, e il compenso, soldi del commissario, era molto buono.»

«Quanto?»

«Cinquecento a testa.»

«E il vostro?»

«Mille.»

«Il commissario vi diede altre istruzioni?»

«Voleva che l'operazione fosse fatta al più presto, aveva fretta. Eravamo a domenica sera, e quelli avevano bevuto. Fissai per martedì, tra mezzogiorno e l'una.»

«Perché proprio a quell'ora?»

«Sempre il commissario. Questo tale usciva a quell'ora per andare a pranzo in un ristorantino a un isolato di distanza. E poi il commissario voleva che ci fosse traffico, folla. Aveva escluso la mattina e la sera perché c'era una macchina aziendale che andava a prenderlo e lo riportava a casa. E questa macchina entrava nel portone, per cui niente da fare. A parte questo, il commissario sosteneva che nei luoghi non trafficati, deserti, c'è sempre qualcuno che non ha niente da fare e resta lì a guardare. Lui invece voleva animazione, movimento, voleva che non si capisse bene quel che stava succedendo.»

«L'organizzazione era vostra, immagino.»

«Mia, sì. Avevo mano libera, glielo chiesi esplicitamente e lui disse che potevo anche usare le maniere forti. Sapete, di questi tempi è meglio avere un'autorizzazione preventiva. Con l'impero e tutti quei pennacchi bisogna andarci piano.»

«Forti quanto?»

«Mah... non saprei... non siamo scesi nei particolari... e poi non so se...»

«Sentite, Brancacci, vi schiarisco le idee. Io sono un superiore del commissario e quindi sono autorizzato a sapere tutto quello che sapeva lui. Stiamo parlando di un fatto molto grave e non tollero manovre evasive. In pratica, se non mi date le risposte giuste, domattina posso farvi spedire al confino per cinque anni. Allora, che cosa vi disse il commissario?»

«Avevo giurato di non parlarne con nessuno, ma visto che il commissario è morto e che voi la mettete così... Disse che quel tale poteva creare delle noie e che era meglio, visto che c'eravamo, toglierlo di mezzo. Definitivamente. Molto chiaro. Il commissario non me lo spiegò esplicitamente, ma il senso era che questo tale sapeva troppe cose e che doveva essere eliminato.»

Tacciono entrambi per diversi secondi, poi l'uomo di Roma riprende: «E dunque, l'operazione l'avete poi fatta.»

«Sì, ma lì si è verificato il problema.»

«Quale?»

«Insomma, il tale è uscito verso la mezza e io ho fatto segno agli altri due, Tassoni gli ha dato una botta tremenda sulla spalla sinistra, che era verso strada, troppo forte secondo me. Ma Tassoni è fatto così, non ha cervello. Quello ha traballato, si è completamente girato e si è trovato con la destra e la borsa sull'orlo del marciapiede. A quel punto è arrivato Bindi, che ha afferrato la borsa e l'ha strattonata, credeva di poterla strappare, ma non veniva, non riusciva a prendergliela, la tracolla era più robusta del previsto. Per qualche secondo c'è stato un tira e molla ridicolo. Tassoni stava lì, fermo come un allocco. Con la coda dell'occhio io, appostato dietro Bindi, che mi avrebbe dovuto passare la borsa, ho visto che stava arrivando un tram e che nello stesso tempo quel tale stava cadendo. Allora con un balzo sono saltato vicino a lui e fingendo di sostenerlo l'ho spinto sotto e contro il tram. Una botta tremenda, spalla, collo e soprattutto testa. Subito gente intorno, sangue, confusione, il contrario di un'operazione pulita. Ma forse il commissario voleva proprio questo, una cosa caotica e incomprensibile per chi si trovava lì. Io avevo pronto anche un coltello per ogni evenienza, ma non ce n'è stato bisogno. Sono intervenuto come per portare soccorso, ho visto dov'erano i ganci, li ho aperti, ho preso la borsa e mi sono eclissato.»

«L'avete ancora voi?»

«Ma no! L'ho consegnata al commissario.»

«Nella villetta di Taliedo?»

«No, no, subito in piazza Duomo. Lui mi aspettava lì. A Taliedo ci sono andato qualche giorno dopo. Il commissario era soddisfatto e mi ha dato i soldi.»

«Solo i vostri o quelli di tutta la squadretta?»

«Tutti.»

«E voi avete pagato gli altri due?»

Brancacci sta per parlare, poi ci ripensa. «Visto che ho fatto tutto io me li sono tenuti.»

«Avete fatto bene a dirmelo, lo sarei venuto a sapere comunque.»

«Infatti» dice Brancacci.

3

Brancacci è uscito e l'assistente è tornato.

«Corso Italia sei è la sede della Pietromarchi.»

«Ah però!» dice l'uomo di Roma. «Una delle principali case editrici italiane... Guardate un po' se martedì 13 c'è stato un incidente, praticamente davanti all'ingresso.»

L'assistente ritorna dopo mezz'ora.

«Sì, c'è un rapporto della polizia. Alle dodici e quarantatré un tram ha investito il dottor Luigi Bassetti, direttore editoriale della Pietromarchi. Le circostanze non sono chiare. Il manovratore dice che il Bassetti è caduto o è stato spinto, comunque è andato a finire con la testa proprio davanti al tram. Lui ha cercato di frenare, ma non ha potuto evitare di investirlo. Brutta storia. Frattura cranica e commozione cerebrale, privo di conoscenza. L'hanno portato al Policlinico, dove è morto la sera stessa, la settimana scorsa.»

«Si parla di una borsa?»

«No, da nessuna parte.»

«Meglio così. Ah... a proposito, dite alla polizia di chiudere il caso, si è trattato di un normale incidente.» Mentre l'assistente telefona, poche parole, l'uomo di Roma si alza e passeggia per la stanza. «E questo Bassetti?» dice poi. «Vedete un po' se abbiamo qualcosa su di lui.»

«Già fatto. È, anzi era, schedato da noi. Un liberale con simpatie per i socialisti, quelli riformisti però, un classico di Milano. Antifascista, ma non pericoloso. Anche se una fonte lo dava in contatto con Giustizia e libertà e con quelli di Parigi. Ci andava per lavoro un paio di volte l'anno, e magari li incontrava. Ma la notizia non è confermata.»

«Va bene, ma l'uomo, il Bassetti, com'era?»

«Quarantacinque anni, scapolo, alcune relazioni, donne voglio dire, ma tutte sottotraccia. Viveva da solo, bella casa, non lussuosa ma ben tenuta, borghesia solida, con tradizioni. Laureato in lettere con lode, volontario in guerra, capitano di complemento, ferito sul Carso, poi allo stato maggiore nel '18, scriveva i comunicati. Pare che abbia messo mano anche nel bollettino della vittoria, i resti di quello che fu...»

L'uomo di Roma lo interrompe, seccato: «Sappiamo, sappiamo... grazie. Piuttosto, dopo la guerra?»

«Direzione di riviste tecniche e piccole case editrici, poi alla Pietromarchi. Da dieci anni. Braccio destro dell'editore.»

«La Pietromarchi... Come siamo messi lì?»

«Direi bene, molto bene. Augusto Pietromarchi, fondatore e proprietario, è iscritto al partito e in rapporti diretti con il Duce, con sua eccellenza il ministro, con molti gerarchi e generali.»

«Lo so, lo so. Per questo basta leggere il giornale. Dico come siamo messi noi, noi in senso proprio. Abbiamo qualcuno là dentro?»

«Certamente, come in tutte le aziende importanti, soprattutto quelle sensibili come i giornali e le case editrici.»

«E sarebbe?»

«Abbiamo diversi informatori occasionali, pagati di volta in volta. Poi abbiamo un fiduciario, una specie di capoazienda, questo a stipendio fisso, Ambrogio Cattaroni.»

«E che ruolo ha nella casa editrice?»

«È un factotum, un maggiordomo, il suo titolo ufficiale è quello di capoportiere. Di fatto governa il personale diciamo... di servizio, ausiliario: portieri, uscieri, fattorini. E anche il centralino, i centralinisti e l'ufficio posta. In più è addetto all'editore in persona. Per dire, gli infila il soprabito, gli mette la borsa in macchina, gli dà i giornali. E intanto ascolta.»

«Però! In pratica ha sottomano il sistema nervoso dell'azienda; il cervello no, quello no, ma tutto il resto...»

«Proprio così. Molto scrupoloso e molto dedito, molto convinto direi. È un vecchio camerata, medaglia di bronzo in guerra e antemarcia.»

«Vediamolo, allora, questo Cattaroni! Convocatelo per domani.»

4

Cattaroni si presenta il giorno dopo, la sera di mercoledì, finito l'orario di lavoro, con ancora addosso la sua bella divisa blu con i bottoni d'oro. Si siede a fatica davanti al tavolino, è anziano e sfatto. Anche intimorito, come un cane, pensa l'assistente, non sa che cosa aspettarsi, se un calcio o un osso. Non guarda i due che gli stanno di fronte, l'assistente e l'uomo di Roma. China la testa, un segno di sottomissione, o forse di riconoscimento, rivolto all'assistente.

Lo lasciano friggere per un minuto buono. Poi l'uomo di Roma si alza, passeggia, vuole che Cattaroni veda bene il suo vestito di buon taglio, la cravatta di vera seta, il distintivo del partito. Vuole che capisca che lui è al livello del suo editore, dell'uomo che serve fedelmente: anche lui è un superiore, molto superiore. Deve intuire chi ha di fronte.

«Voi, Cattaroni, che cosa fate di preciso?»

«Mah, come sa il dottore qui», guarda l'assistente, che non è dottore ma lo lascia dire, «io mi occupo dei servizi...»

«Questo come dite lo sappiamo già. Voglio dire che cosa fate per noi.»

«Be', controllo il traffico in entrata e in uscita dalla casa editrice e se c'è qualcosa di anomalo lo segnalo.»

«A chi?»

«Al dottore qui o al commissario, al povero commissario.»

«Lo vedevate di persona?»

«Sì, circa una volta al mese.»

«L'ultima?»

«Sabato scorso, sul tardi.»

«E di recente gli avevate segnalato qualcosa?»

«No, niente, tutto normale.»

L'uomo di Roma gli va vicino e lo guarda fisso. «Tanto normale non direi. Sono morti in due, il commissario e il dottor Bassetti. A proposito, questo Bassetti dirigeva tutto?»

«No. Tutto no. Ci sono anche il direttore commerciale, il direttore tecnico e il direttore amministrativo. Ma dopo l'editore lui era senz'altro la persona più importante.»

«Capisco. E lui a conoscerlo, a frequentarlo, a vederlo, com'era?»

«Molto a posto, molto cortese. Un signore. Freddo, sempre formale ma a posto. Credo sospettasse qualcosa di me, non mi dava tanta confidenza. Era un antifascista, sapeva che io sono un fascista convinto. Trafficava con molti antifascisti amici suoi. Innocui però. Lui li aiutava: traduzioni, curatele, alcuni li pubblicava, che so, libri di storia, qualche romanzo, cose così. Io però ad ogni buon conto davo tutti i nomi al commissario, che immagino facesse poi i suoi controlli.»

«Negli ultimi tempi non avete davvero notato niente di strano?»

«Non direi.» Ci pensa qualche secondo. «Mah, forse... ecco...»

«Dite, dite.»

«Ecco, da qualche tempo, una quindicina di giorni, si era messo a portare la sua solita borsa agganciata a una tracolla che teneva sopra la giacca e sotto il soprabito. I ganci uscivano da una tasca, la destra mi sembra. Lo so perché una volta l'ho aiutato a infilarsi il soprabito e ho visto tutto questo armamentario. Gliel'ho anche detto: "Ma cosa fate, dottore? Avete paura di essere rapinato?" E lui: "Non si può mai dire, Cattaroni, non si può mai dire..." Sorrideva, ma non tanto. Ecco, mi è sembrata una cosa un po' fuori dal comune, tant'è vero che l'ho raccontata anche al commissario l'ultima volta che l'ho visto. La borsa se la portava sempre dietro, anche quando andava a mangiare.»

L'uomo di Roma sembra non farci troppo caso e passa ad altro. «Voi controllate la posta e i telefoni?»

«Le telefonate, tranne quelle dell'editore, passano sempre dal centralino, dove le registriamo tutte, in entrata e in uscita.»

«Bene. Fatemi avere questo registro. E la posta?»

«Quella non la registriamo perché è troppa. Ma arriva tutta a me, e la distribuisco personalmente.»

«Con che criterio?»

«Se è destinata a specifiche persone, gliela faccio consegnare. Se sono libri o manoscritti vanno alla segreteria editoriale. Se è indirizzata alla casa editrice in quanto tale la passo alla segretaria personale dell'editore, che risponde sempre a nome dell'editore medesimo. Il concetto è che per il pubblico la casa editrice deve essere lui. "Sono tutti nostri clienti o lo diventeranno" dice sempre. Ci tiene molto.»

«Tornando a Bassetti, negli ultimi tempi, diciamo nell'ultimo mese, ha fatto telefonate particolari o ricevuto posta particolare?»

Cattaroni ci pensa su. «Telefonate no, posta... direi di no: la solita corrispondenza, tranne forse qualche plico indirizzato direttamente a lui, ma che dalla consistenza si capiva che doveva contenere un manoscritto. Questi li ho fatti avere, come da prassi, alla segreteria editoriale.»

«La segreteria editoriale registra tutti gli ingressi?»

«Sì, compila una schedina con la data d'arrivo, l'autore, il titolo, la provenienza e il redattore responsabile a cui è stato inoltrato. Se necessario anche il termine entro il quale bisogna dare una risposta.»

«Voi potete accedere a questo schedario?»

«Ufficialmente no, nel senso che non ha niente a che vedere con le mie mansioni. Ma alla sera, dopo le otto, quando non c'è più nessuno, posso benissimo salire al terzo piano e consultarlo. Del resto lo facevo già per il povero commissario: ogni mese ricopiavo le schede nuove e gliele consegnavo al nostro incontro. Un lavoraccio, ci mettevo due o tre sere. Comunque lo schedario non è segreto.»

«Allora fate così. Copiatemi tutte le schede dei libri che sono stati passati a Bassetti nell'ultimo mese. Al più presto.»

«Sarà fatto.»

«Un ultimo punto. Voi avete visto qualcosa dell'incidente?»

«No, niente. Ero dentro, in portineria.»

«E il funerale di Bassetti quando è stato?»

«Giovedì scorso.»

«Chi c'era della casa editrice?»

«Molti, moltissimi, quasi tutti. L'editore naturalmente. E anch'io. Con la bandiera della casa editrice. Poi autori, collaboratori, editori, giornalisti, professori, anche ufficiali dell'esercito eccetera. Gente importante, un gran funerale.»

«Quasi tutti, dite... Quasi... E invece tra quelli che non c'erano chi vi sareste aspettato che ci fosse?»

«Mah... il ragionier Cominetti, il direttore amministrativo, che però aveva un appuntamento con una banca... E poi, certo, la dottoressa Modiano della segreteria editoriale: era la persona più vicina al povero Bassetti, ma mi hanno poi detto che era malata.»

5

Si passa più volte l'acqua fredda sulla faccia. Raddrizzandosi si intravede per la prima volta nello specchio sopra il lavabo. Scarmigliata, pesta. Sono giorni, da quando è successo, che non si è più guardata, che ha sempre evitato di guardarsi, che non ha più voluto vedersi. E anche adesso meno male che il vapore ha appannato lo specchio. Vergogna, disperazione, non sapere che fare. L'ombra del tradimento. L'ha tradito? È colpa sua, nessun dubbio, è tutta colpa sua. E adesso? Vede la sua faccia rossa, gli occhi gonfi, diventati piccolissimi, due fessure, la sottoveste di seta rosa tutta stropicciata che non si toglie da diversi giorni. Per forza, sono giorni che piange e si rigira nel letto, non è neanche andata al funerale per paura di non riuscire a trattenersi, di dare spettacolo. Del resto il commissario era stato categorico, fin dall'inizio.

«Nessun contatto in pubblico, per nessuna ragione. Nessuno deve pensare a un rapporto tra voi due che non sia strettamente professionale. Datevi sempre del voi.»

«Ci diamo del lei.»

«Va bene lo stesso, basta che non sia il tu.»

Quando le hanno detto dell'incidente avvenuto proprio davanti alla casa editrice ha capito subito tutto. Altro che incidente! È andata all'ospedale, questo sì, non poteva resistere ed era anche una mossa ragionevole, niente da dire, in fondo lei era la sua più stretta collaboratrice. Non la volevano neanche far entrare, poi le avevano permesso di sbirciare dalla porta. Pochi secondi, la testa tutta avvolta dalle bende, la faccia non si vedeva, la cannetta dell'ossigeno, fermo immobile, un tronco d'albero. Quell'odore di acido fenico nel corridoio. L'ultima volta che l'ha visto.

D'improvviso le torna in mente la prima. Ripensare alla prima allenta la morsa in gola, forse perché alla prima tutto era ancora dritto e pulito, niente sottofondi, niente doppiezze. Il giardino dell'innocenza. L'ufficio di Luigi, all'ultimo piano, sembrava la camera di uno studente, pile di libri, manoscritti, bozze, prove di copertina, fasci di corrispondenza. In questo apparente caos, Bassetti si muoveva con precisione chirurgica: sapeva dov'era ogni cosa e andava a prenderla senza esitazioni, senza dover scartabellare. Bello no, non un Adone... Per dire, Massimo Beltrami, che al momento faceva funzioni di amante segreto, era senz'altro più bello. Attraente sì, Luigi Bassetti era molto attraente. Soprattutto intenso, un uomo completamente preso da quel che faceva, da quel che voleva, una forza concentrata. Sembrava quasi che emanasse calore. Sarebbe stata una cosa travolgente, le era venuto da pensare, diventare l'oggetto, il punto di applicazione, come si dice in fisica, di quella volontà, di quella forza.

Le aveva chiesto dei suoi studi.

«Laureata in lingue.»

«Quali lingue?»

«Inglese, francese, tedesco.»

«Ma la tesi in che lingua?»

«Tedesco.»

«Lei è figlia del professor Modiano?»
«Sì.»
Lui era rimasto zitto per diversi secondi, guardandola fisso.

Lei sapeva di essere bella, forse molto bella. Ma non era questione di bellezza: era questione di forza, di potere. Magnetica come una calamita. Aveva quel quid, quasi tutti gli uomini la guardavano così, come se entrassero in un campo di forze. Ma quasi tutti distoglievano lo sguardo, non volevano farsi sorprendere, far vedere che erano stati catturati. Le gambe, ovvio, le gambe più del seno, ma non era questione di anatomia, non solo. E neppure di intelligenza e cultura. Era la freschezza e il mistero della vita, il suo essere tutta proiettata in avanti, la sensazione che con lei si potesse andare alla scoperta di nuove regioni, nuove terre, nuovi continenti. E questo strano uomo, così irto e così disarmato, sembrava che vedesse tutte queste cose, come se la risucchiasse e l'assorbisse tutta intera.

Anche lui aveva un'intensità superiore, un amperaggio più alto che lei non aveva mai conosciuto e che ora sentiva sulla pelle. Poi

Bassetti, non ancora Luigi, si era riscosso e aveva mormorato che il professor Modiano lo conosceva bene: era stato il suo professore di latino e greco al liceo. Un grande insegnante, decisivo, era stato per il suo esempio che aveva fatto lettere classiche all'università. Come scusandosi aveva aggiunto che tutto quel che le poteva offrire era un lavoro burocratico. Solo apparentemente burocratico, però. In realtà nevralgico. La segreteria editoriale: controllare e smistare tutto il traffico dei libri che arrivavano alla casa editrice, soprattutto dall'estero. Alle sue dirette dipendenze. Le aveva chiesto chi era il suo autore preferito. Thomas Mann, aveva detto lei, senza esitazioni. Non era vero, naturalmente, troppo lento e complicato. Preferiva di gran lunga Scott Fitzgerald. Preferiva i libri-mare, quelli in cui ci si lascia trasportare dalle onde, ai libri-sesto grado, quelli in cui bisogna arrampicarsi, sempre attenti a non perdere il più piccolo appiglio. Ma aveva intuito che con uno come Bassetti quello giusto da dire era Thomas Mann. E infatti Bassetti, che stava diventando il suo Luigi, aveva sorriso e si era illuminato, come se avesse trovato l'anima gemella di cui era in cerca da gran tempo. Tutto si era deciso in quella frazione di secondo. Il fatto che dopo poche settimane avessero iniziato una relazione tanto appassionata quanto segreta era una semplice conseguenza.

Quel giorno cruciale, accettata l'offerta di lavoro e sistemate le questioni pratiche, Luigi aveva insistito anche per presentarla all'editore. Un uomo un po' pingue, cordialissimo ed esuberante, gran parlatore che sapeva mescolare toni aulici e confidenziali. Un uomo affascinante, le avevano detto. Ma lei, mentre notava le occhiate di apprezzamento – il vecchio rapace guatava ogni occasione –, aveva sentito la nota falsa. Un professionista della seduzione. Un attore navigato, troppo sicuro della propria parte. Non le piaceva.

6

Era stato proprio l'editore, una sera alla Scala – lei lavorava da qualche mese in casa editrice –, a presentarle il commissario, che lei non sapeva ancora fosse il commissario. Le si era avvicinato nel foyer durante l'intervallo, davano la *Tosca*, seguito da un signore biondastro, anonimo e molto gentile.

«Il dottor Brignone» aveva detto l'editore, «un amico di Torino.»

Il dottor Brignone aveva porto una mano grande e molle, non una bellissima sensazione, ed era rimasto ad ascoltare assentendo lievemente mentre l'editore con la sua solita enfasi si sperticava in elogi sul suo ultimo acquisto, cioè appunto lei, Donatella. Il dottor Brignone aveva atteso la fine dell'arringa, poi aveva spostato la conversazione sull'opera e in particolare sul soprano, che nonostante la stazza lui trovava eccellente. Dimostrava una certa competenza musicale e con Donatella, per la quale la musica era una ragione di vita, avevano avviato una conversazione di merito, quasi tecnica, da cui l'editore si era ritrovato escluso anche se aveva continuato a esibire il più largo dei sorrisi.

Sapeva?, si era chiesta molto più tardi Donatella. Era stata un'iniziativa sua o una richiesta del dottor Brignone a determinare l'incontro?

Al momento di rientrare in sala, per non troncare un discorso così interessante il dottor Brignone le aveva proposto un aperitivo nel caffè davanti alla casa editrice. Non sembrava avesse altre mire, con la sua aria asessuata. «Domani devo passare da quelle parti» aveva accennato.

Luigi non era a Milano e lei non aveva altri impegni. Perché no?, si era detta, e aveva accettato.

All'aperitivo non si era parlato di musica e lui sembrava essersene completamente dimenticato. L'atteggiamento era di fermezza autorevole, in netto contrasto con la mollezza svagata della sera prima. E anche una sorta di concisione, nessuna chiacchiera. Appena seduto aveva detto che aveva urgenza di parlarle. In privato. Le aveva imposto, non proposto, una data, un'ora e un indirizzo. Dopodiché si era alzato e se n'era andato senza neanche finire il suo Campari.

Ancora adesso lei si chiede perché mai avesse deciso di considerare quello un impegno. La curiosità, si era detta all'epoca, capire che cosa si nascondesse dietro quel repentino cambiamento. Più avanti, e con minore indulgenza, aveva pensato anche all'autorità: gli ordini si eseguono, quello era un comando e lei aveva ubbidito. Adesso invece propende per la sorpresa e la rapidità. Affondare il colpo e non lasciare fisicamente né spazio né tempo per replicare, per pensare. L'autorità è sintetica. Sta di fatto che in quel luogo, quel giorno, a quell'ora, lei era docilmente andata.

Si era meravigliata di trovarsi in periferia, un casamento anonimo, un appartamento vuoto, squallido, con solo il dottor Brignone davanti, che era venuto di persona ad aprire la porta.

«Chiariamo subito» aveva detto, «che Brignone è un nome come un altro, per voi d'ora in avanti sarò solo "il commissario".» Continuava ad avere quell'aria anonima, ma sempre il tono ingiuntivo, di comando, non sorrideva più. «Vostro fratello», tamburellava con le dita sul piano malandato di un tavolo di cucina, «vostro fratello, l'avvocato Davide, ci risulta essere membro del gruppo clandestino di Giustizia e libertà. Un membro molto attivo. Ora, a giorni ci sarà una retata, verranno tutti arrestati e spediti al Tribunale speciale. Vostro fratello rischia molto, una trentina d'anni di galera come minimo, attività cospirativa. Ci sono di mezzo armi.»

Silenzio.

Lei era rimasta atterrita, sapeva delle idee politiche di suo fratello, ma niente che avesse a che fare con organizzazioni, e men che meno con armi.

«Non spaventatevi» aveva ripreso il commissario e si era accarezzato all'indietro i capelli lisci.

Brillantina?, aveva pensato incongruamente lei, ricordando con un certo ribrezzo quella stretta di mano nel foyer della Scala.

«Forse un modo per evitare tutto questo c'è» aveva ripreso il commissario. «Tutto quel che riguarda vostro fratello, intendo. Può essere avvertito in anticipo, gli si può far arrivare una soffiata. Il suo passaporto è ancora valido e potrebbe espatriare in Francia. Alla frontiera non faranno storie.»

«Ma ha una famiglia, un bambino piccolo» aveva detto d'impulso lei.

Il commissario annuiva, adesso con un piccolo sorriso, freddo ma pur sempre un sorriso. Sembrava apprezzare il fatto che lei stesse entrando in un nuovo ordine di idee. «In seguito, tra qualche mese, si potrà provvedere anche alla famiglia» aveva detto.

«In seguito. E adesso come si fa a evitare?» aveva chiesto lei.

«Ecco, cara Donatella... Posso chiamarvi così? Questo, come ben capite, è il punto. Senza girarci troppo intorno voi dovete, dovreste, collaborare.»

«In che senso?»

«Vedete, cara Donatella, la Pietromarchi è una delle principali case editrici italiane, e dalle sue stanze passa molto di quel che forse non la parte maggiore, ma certo la parte più influente degli italiani, finisce o finirà per pensare.»

«Non capisco» aveva detto lei, «tutto quel che si pubblica è sottoposto alla censura, e nel nostro caso l'editore in persona è un convinto fascista, molto ammanicato, in rapporti diretti con le superiori gerarchie.»

«Certo, certo», il commissario si era alzato e giocherellava con un pacchetto di sigarette Serraglio, «ma, vedete, in superficie tutto è a posto, troppo a posto, mentre sotto c'è ben altro. Una trama fitta di relazioni, di idee, di comportamenti, messaggi direi in codice, che alla fine portano a pubblicare libri dall'apparenza innocua, ma che toccano punti nevralgici. Da una parte fanno opinione, creano una mentalità, e dall'altra stabiliscono contatti. La censura, dite, ma la censura ha la sensibilità di un badile, mentre qui è questione di bisturi. Quelli sono dei bifolchi, non capiscono l'importanza dei libri, e neanche il loro senso, stanno lì a vedere se ci sono dei suicidi, degli aborti o se l'autore è ebreo. Lasciamo perdere. Invece noi dobbiamo badare alla sostanza, sapere quel che bolle in pentola prima di trovarci le pietanze scodellate davanti. L'editore sembra un pagliaccio, ma è una mente fina. Lascia fare, da una parte scappellamenti e inchini, dall'altra, senza che lui ne sappia nulla, tutta una rete di cenni, di occhiate che sono già un embrione di iniziative contro il regime e che prima o poi possono diventare un'attività eversiva. E vi assicuro che adesso siamo in un momento di gloria, l'impero, il consenso eccetera, ma non mancano le nubi all'orizzonte. Tra dieci anni dove saremo? Nessuno lo sa. In questo modo lui, l'editore, è coperto qualsiasi cosa possa accadere. Da una parte e dall'altra. L'uomo chiave è Bassetti, è lui che di fatto governa la casa editrice. È l'unico che i libri li legga davvero, l'unico soprattutto che li capisca, che veda tutte le possibili implicazioni. Si è evitato finora di mandarlo al confino, per un riguardo verso l'editore e per scoprire meglio quel che in realtà sta combinando, quanto è estesa la rete. E voi siete la sua più stretta collaboratrice.»

Lei cominciava a capire. «Dovrei fare la spia?»

Il commissario si era irritato. «Paroloni senza senso» aveva detto. «Non fate la stupida proprio adesso, dato che non lo siete. Si tratta solo di stare all'erta. Di riferirmi, diciamo una volta al mese, quel che giudicate più interessante, più sensibile. Siete una persona intelligente, un'ebrea molto colta e molto ben introdotta: sapete da sola di che cosa parlo. Regolatevi di conseguenza. Tenete conto però che le vostre informazioni, o mancate informazioni, saranno riscontrate o rilevate: ci sono altre fonti all'interno della Pietromarchi, nessuna però così vicina al direttore Bassetti.»

Lei non aveva detto parola: rifletteva, cercava di riflettere, sconvolta com'era.

«Due ultime cose» aveva aggiunto il commissario. «Primo e fondamentale: questo tra noi è un rapporto confidenziale basato sulla fiducia, non cercate di ingannarmi o di nascondermi qualcosa, lo verrei a sapere. Vostro fratello sarà pure a Parigi, ma considerate che un incidente può sempre capitargli. Secondo: in cambio della vostra lealtà io posso garantirvi, e badate che sono un uomo di parola, non solo che non avrete contatti se non con me, ma che nessun altro all'interno della mia organizzazione saprà mai nulla di questi nostri accordi. Il vostro nome non sarà scritto da nessuna parte e nessuno lo potrà mai scoprire. È e resterà una cosa tra noi due. Per stabilire i nostri incontri vi chiamerò in ufficio o a casa, presentandomi sempre come il dottor Brignone. Se voi aveste urgenza di vedermi, mettete un necrologio sul *Corriere* commemorando», guardava per aria come per cercare una mosca, «il ragionier Amilcare Frusto. Vi richiamerò io. Un'ultima cosa: il vostro rapporto con Bassetti, non so, è solo un'ipotesi, un suggerimento, potrebbe forse diventare un po' più stretto. Intimo. Non è un brutto uomo, non gli manca la parlantina, mi dicono che ha un certo fascino. Non dovrebbe dispiacervi.»

Lei avrebbe dovuto arrossire, ma non le veniva. Anzi, era sollevata, almeno questo non lo sapevano.

Il commissario fumava in silenzio, tranquillo e pacifico. Dava per scontato che l'arruolamento di Donatella fosse andato a buon fine. «Ancora un particolare» aveva ripreso dopo un bel po', «mi è venuto in mente pensando al vostro possibile legame con Bassetti. Non deve trapelare niente e le vostre abitudini debbono restare immutate. Quindi mantenete pure la relazione con il Beltrami.»

Il Beltrami, aveva pensato lei, possibile che sappiano di lui e non di Luigi? Ma certo... la casa. Sorvegliavano quella di lei in previsione dell'arruolamento e non quella di Luigi. Massimo... bello, non cattivo, una breve fiammata seguita da una lunga noia. Il rito immutabile, molto tardi, dopo che lui aveva finito in ospedale, sempre a casa di lei, lui era sposato. Un paio di volte al mese, come fare ginnastica. Quando, raggiunti i ventisette anni e divenuta economicamente autonoma grazie a supplenze e lezioni private, prima ancora dell'impiego alla Pietromarchi, aveva deciso di andare a stare per proprio conto, a sua madre, venuta in visita per ispezionare l'appartamento, non era sfuggito il letto matrimoniale.

«Che cosa te ne fai di una simile piazza d'armi?» aveva chiesto, con un tono scherzoso e l'occhio indagatore.

«Dormo di traverso, mi piace star comoda.»

7

Sono passati tre giorni dalla morte di Luigi e Donatella sente il bisogno di ristabilire un contatto. Non ha mai avuto sentimenti religiosi, come del resto neanche Luigi, ma adesso le sembra che lui sia presente, in un'altra dimensione ma presente. Nei dormiveglia tormentosi gli ha parlato, gli ha chiesto perdono. Cerca una vicinanza anche fisica, crede che nel luogo concreto dove lui si trova ora, sulla sua tomba, tutto questo riesca più facile, più naturale. Di tanto in tanto ha un rigurgito della sua educazione illuminista e si chiede se, come tutti, al dunque, e cioè di fronte alla morte, non abbia una specie di regressione, se in parole povere non stia diventando una vecchia beghina. La brava studentessa che è stata le dice invece che gli uomini la misteriosa comunione con i defunti l'hanno sempre cercata. Ma adesso lei la sente. Esita, ma neanche tanto, poi si decide.

Esce di casa la mattina presto per la prima volta da quando lui è morto. Sola e senza impegni di lavoro, il medico amico le ha dato qualche giorno di malattia. Sotto una pioggia gelida prima tram, poi treno, poi corriera, poi a piedi la salita che porta al cimitero. Nel paese dell'alta Brianza da cui viene la famiglia Bassetti e dove l'hanno seppellito non c'è nessuno in giro, anche se lei sa che da dietro le tendine bianche e ben stirate molti occhi la seguono passo dopo passo. Oltre il cancello non ci si può sbagliare, le corone di fiori fradice, mezze in piedi e mezze crollate, segnano la sua tomba. Quando sentono avvicinarsi il rumore dei passi sulla ghiaia, tre figure in piedi davanti al tumulo si voltano: due donne vestite di nero e un uomo. La signora con i capelli bianchi, dritta come un fuso, si appoggia all'uomo con un'aria da contadino, anziano anche lui; l'altra donna, a occhio della stessa età di Luigi, rimane invece un po' discosta.

«Sono Donatella Modiano, lavoravo con... il dottore.»

«La conosco, la conosco. Luigi, mio figlio, mi ha parlato spesso di lei... Le era molto... affezionato.»

Donatella non riesce a trattenersi e piange.

«Questo è Oreste, il nostro fattore, e lei è Clara, mia nipote.»

Oreste accenna una specie di inchino; Clara, come irritata che si facciano simili convenevoli in un luogo dove si dovrebbe pensare a ben altro, porge freddamente la mano.

«Ma venga un momento a casa» dice ancora la signora, «prenda un caffè e si asciughi un po'. Siamo qui a due passi.»

Nella sterminata cucina con il camino – non il caminetto – acceso e crepitante, il lavello di graniglia, le batterie dei rami appese alle pareti, nessuno parla.

«Vuole andar su a vedere la biblioteca?» dice alla fine Clara, la nipote. «Era il posto di Luigi, stava sempre lì quando veniva la domenica. A leggere, a scrivere, lui diceva "a lavorare". La posso accompagnare.» Sembra più addolcita, o forse è solo molto timida. «Venga.»

Di sopra, la biblioteca è di proporzioni ragguardevoli, carica di libri, austera e spoglia come un convento. Nel mezzo due tavoli lunghi, Clara si ferma davanti al primo.

«Noi venivamo qui a studiare ai tempi del liceo, e poi anche dell'università. Eravamo molto legati... Che cosa vuole, siamo cresciuti insieme. L'ultima volta è stato qui domenica scorsa. Più agitato del solito, si era portato un manoscritto, uno scartafaccio in verità, molto voluminoso; lo teneva in una cartella come quelle della scuola, con due tasche davanti, e non lo mollava mai. Mi ha anche chiesto di copiargli a macchina una trentina di pagine: «Quelle importanti» mi ha detto. Credo fossero un capitolo. Non so a che cosa gli servissero, ma mentre le ribattevo ho capito perché insisteva sulla loro importanza. Altroché se l'ho capito! Io però scrivo male a macchina, sono molto lenta, e quando lui doveva partire ne avevo fatto solo la metà. Eccole qui, se vuole gliele lascio. Lui, sempre gentile, ha detto che non importava, che avrei potuto finire la domenica dopo. Io non ne ho parlato con mia zia, sua madre, per non metterla in agitazione. Ma almeno a lei,

Donatella, posso chiederlo: ne sa qualcosa? L'ho accompagnata qui per poterle parlare liberamente. Lei era la persona più addentro alle sue faccende. Quella che gli era più vicina», si ferma, «in ogni senso.»

Donatella finge di non far caso all'allusione: strano che Luigi avesse lasciato intendere a sua madre e anche alla cugina Clara la natura dei loro rapporti. Una volta però le aveva detto: «E se ci sposassimo?» Forse era per questo: aveva cominciato a prepararle. Adesso Donatella prende in mano i fogli e per un quarto d'ora li legge attentamente, senza neanche accorgersi dei numerosi errori di battitura.

«Così a prima vista non so dirle di che libro si tratti. Gliene passavo talmente tanti! Ma appena torno in ufficio posso fare i miei controlli e poi dirle cosa riesco a scoprire.»

Mente. Nel suo mestiere dopo cinque righe si riconosce la voce di chi scrive come se stesse parlando. E non si dimentica più. Questa voce lei l'ha già sentita: adesso non ricorda il nome preciso, ma può trovarlo. Non può sbagliarsi. Quel tono puntiglioso, quella scarsa pratica della lingua italiana, quella prosa legnosa, insopportabile. Un militare. Un generale, probabilmente, visto che soldati, sergenti e capitani non vengono di norma pubblicati dalla Pietromarchi. Questo ipotetico e per ora anonimo generale racconta che ai primi di giugno di un anno imprecisato viene ricevuto alla Presidenza del Consiglio da Mussolini. Sono presenti anche altre due o tre persone. Possibili testimoni, pensa Donatella, non la parola di uno contro la parola di un altro. Mussolini è, come quasi sempre, incupito, di pessimo umore, livido. Batte il pugno sul tavolo, si alza e si ferma davanti a uno o all'altro dei presenti, come se volesse accusarli.

«Qui stiamo affondando nella palude, nel fango. Tra breve saremo completamente paralizzati.»

Il narratore, il supposto generale, obietta che la situazione è sotto controllo.

«Ma che controllo!» sbotta Mussolini. «A noi serve l'esatto contrario, il fuori controllo. Sapete voi come ci siamo chiamati prima ancora che Fasci di combattimento? No? Ebbene, noi siamo nati come Fasci di azione rivoluzionaria. Ora, "rivoluzionaria" è importante, certo, ma la cosa più importante è "azione". Noi dobbiamo muoverci, saltare avanti. Lo spirito è soprattutto mobilità. Agire. Dobbiamo, ora, subito, colpire e affondare il colpo. La situazione non è più sopportabile, stiamo tornando al vecchio parlamentarismo. Bisogna mettere un punto fermo, far capire a tutti, ai nostri avversari, certo, ma soprattutto a quelli che stanno in mezzo, a quelli che si barcamenano, che i tempi sono cambiati. Irrevocabilmente cambiati. Ci serve un fatto clamoroso, qualcosa che tutti capiscano.»

Avendo intuito, o credendo di aver intuito, dove si va a parare, il narratore obietta che non si può tornare allo squadrismo, e che comunque il fatto clamoroso porterebbe a reazioni fortissime, incalcolabili. La Camera, e poi l'esercito, da ultimo il re.

«Sciocchezze» ribatte Mussolini, «non vedete al di là del vostro naso. Prima di tutto non sto parlando di un puro e semplice ritorno allo squadrismo. I tempi sono cambiati e oggi basta un gesto, un gesto solo ma clamoroso. Quanto alle reazioni, non tenete conto dei reali rapporti di forza. La Camera, i partiti, il re... La Camera si può sciogliere tra due giorni o due mesi o due anni. I partiti che cosa faranno: schiamazzeranno, certo, ma poi in concreto? Scenderanno in campo? In piazza? Si batteranno? No. Non faranno niente. L'esercito in gran parte è nostro e il resto seguirà il re, come l'ha sempre seguito. E il re? Quel ridicolo ometto, sua maestà, come lo chiamate voi? Il re titube̖rà, ma poi alla fine non si metterà certo lui a capo di un rivolgimento, di una controrivoluzione antifascista. Appoggiandosi a chi, poi? Alla sinistra che vuol portare il bolscevismo in Italia? Il re... non ha firmato lo stato d'assedio ai tempi della marcia su Roma e adesso sarebbe pronto a provocare la guerra civile? Ma per carità! Perché poi noi abbiamo sempre pronte le squadre, che non vogliono altro che lo scontro. Guardate bene come stanno, in effetti, i rapporti di forza, abbiamo in mano noi tutte le carte. La polizia, i prefetti, io credo anche l'esercito, il re titubante, le squadre. No, no, questo è il momento, dobbiamo colpire. Altrimenti ci pieghiamo e portiamo indietro l'orologio della storia di quattro o cinque anni. Altrimenti saremo sconfitti. È l'ora di agire. Dobbiamo fare quello che abbiamo sempre fatto: tirare diritto!»

Qui si fermano i fogli ricopiati dalla cugina

Clara. Donatella Modiano li mette nella borsetta e se ne torna a Milano. Con un'ansia invincibile mescolata a curiosità. Com'è proseguita quella riunione di Roma? Qual era il colpo che Mussolini voleva assestare?

Sulle dure panche della terza classe, Donatella ripensa a quel che le aveva detto Luigi – e a quel che non le aveva detto – del manoscritto, perché adesso è sicura che si trattasse proprio di quel manoscritto. Ha rivisto subito Luigi sdraiato sul letto, mezzo nudo e nervoso, mentre fumava e guardava fisso il soffitto.

«Scusami se sono distratto, ma ho per le mani qualcosa di esplosivo. Una vera e propria bomba. Che potrebbe sconquassare il paese e avere effetti dirompenti nel mondo.»

«Che cos'è?» aveva chiesto subito lei, più per essergli d'aiuto che per semplice curiosità. Capiva che lui aveva bisogno di liberarsi, di togliersi dal petto un peso che l'opprimeva.

Aveva taciuto a lungo, poi: «Non te lo posso dire, ti metterei in pericolo, in un grave pericolo.»

Dunque voleva liberarsi, ma non voleva

dirle tutta la verità. Aveva paura? No, o forse non solo. Com'era sua abitudine voleva avere la soluzione prima di enunciare il problema.

Si era alzato ed era andato alla finestra fingendo di guardare il tramonto. Era rimasto nella vecchia casa dei genitori proprio per quella grande finestra che c'era in camera da letto. «Ho bisogno di vedere il cielo» diceva. Adesso sembrava che cercasse ispirazione e non la trovasse. Si era riscosso ed era tornato da lei. «Perdonami, ma non è cattivo umore né una delle solite preoccupazioni. Sono molto turbato. Perché per la prima volta in vita mia non so che cosa fare.»

8

È tornato Cattaroni, sempre con la divisa blu. Sempre traballante si avvicina al tavolino e deposita diversi fogli protocollo fittamente annotati con una grafia grande e incerta. «Ecco qua» dice, «queste sono le schede della segreteria editoriale, i libri passati negli ultimi tempi al dottor Bassetti. Un lavoraccio, saranno una ventina.»

L'assistente scorre i fogli. «Non vedo niente di interessante», e li porge all'uomo di Roma, che li legge senza fretta.

Romanzi inglesi e americani; ci sono anche alcuni tedeschi, e diversi autori sono ebrei. Ci penserà la censura. Saggi storici, una biografia di Maria Stuarda scritta da quel giornalista antifascista, o per lo meno tiepido, rimosso di recente dalla direzione di un quotidiano di Roma.

Prende una nota mentale. Memorie di gerarchi e generali sulla guerra d'Etiopia. Trasvolate e trasvolatori. Grandi opere del regime. Tutta propaganda. Alla scheda successiva si ferma.

Non è il titolo, anonimo, *Soldato d'Italia*, ad attirare la sua attenzione, ma l'autore, Duilio Forconi. Il generale Forconi. L'aveva conosciuto diversi anni prima, agli inizi della propria carriera. Un gerarca di primissimo piano e, almeno per un certo periodo, molto vicino al Duce. Uno dei suoi tanti bracci destri. Aveva la delega per le questioni legate alla sicurezza, polizia e affini: per questo l'aveva conosciuto. Un uomo duro, decisamente poco simpatico, senza sensibilità politica, un mastino. Trattava i suoi subordinati, tra cui lui stesso, a urla e minacce. Poi, una decina di anni fa, d'improvviso era stato messo da parte. Congiure degli altri grandi gerarchi suoi colleghi, non facevano altro. O, più probabile, un repentino cambiamento d'umore del Duce. Pensionato dall'esercito, niente più palco delle autorità nelle cerimonie solenni, niente più menzioni nei comunicati della Stefani. Che fine aveva fatto? Si rivolge all'assistente: «Che cosa sappiamo del generale Forconi? Vedete un po' in archivio.»

«Non c'è bisogno. È morto circa un mese fa, si è sparato.»

«Sparato? E come mai?»

«Un male incurabile. Abbiamo fatto un controllo e i medici hanno confermato. Tutto vero.»

«Allora perché questo libro?»

«Non saprei, forse voleva lasciare un segno. Si era distinto. Prima medaglia d'argento in Libia, poi medaglia d'oro sul Carso, un protetto del Duca d'Aosta. Comunque il contatto con la Pietromarchi gliel'aveva procurato Bassetti qualche mese fa, si erano conosciuti in guerra, allo stato maggiore.»

Un segno, o forse un testamento, pensa l'uomo di Roma. Il generale sapeva molte cose, chissà quante.

«Lo sorvegliavamo?»

«Sì, ma poi abbiamo smesso, si è visto che non c'era motivo. Viveva da solo, rintanato in casa, tranne un mese d'estate in Trentino, dove aveva combattuto prima del Carso.»

«Rapporti con il regime?»

«Nessuno. Del resto nessuno lo cercava e lui non cercava nessuno. Era stato fatto fuori. Non ha mai dato noie.»

9

Il tormento di Donatella è che era stata lei, in uno dei suoi rapporti mensili, a menzionare il libro di Forconi al commissario. Lui non aveva fatto una piega, e adesso lei sospetta che lo sapesse già. Ma questo non toglie che lei gliel'abbia spiattellato. Ha capito presto, è bastato un rapido confronto di date, che il libro ricopiato in parte dalla cugina Clara e anche quello che opprimeva Luigi dovevano essere lo stesso, il *Soldato d'Italia* del generale Forconi. Quando aveva fatto rapporto al commissario, tutto questo lei non poteva saperlo, se ne avesse avuto anche solo un vago sentore (o se anche Luigi si fosse fidato e le avesse detto qualcosa) mai più ne avrebbe parlato. I suoi rapporti mensili al commissario erano – lei credeva – un capolavoro di cesello, un ricamo. Se ne vergognava, ma in fondo ne era anche soddisfatta, se non orgogliosa. Le informazioni più importanti, le cose che veniva a sapere da Luigi, quelle cui lui accennava, rilassato e ironico, in genere dopo che avevano fatto l'amore, naturalmente si guardava bene dal riferirle al commissario. Ma qualcosa doveva pur dirgli.

La base erano pettegolezzi, dicerie, bisbigli che lei gonfiava per aumentarne il valore. Il commissario tuttavia non era affatto uno sciocco, e tollerava tutte queste chiacchiere se lei in mezzo ci infilava, e lui trovava, frammenti e schegge di qualche valore. Per esempio, una delle ultime volte che l'aveva visto le schegge preziose erano state le smanie del figlio dell'editore. Riccardo, a differenza del padre, nella sostanza un uomo d'ordine, era un fascista estremo, tanto estremo però che finiva per avvicinarsi a un giro di intellettuali che lei riteneva, se non comunisti, almeno sotto l'influenza dei comunisti. Il commissario aveva annuito compiaciuto, segno di grande apprezzamento. Lei non si era sentita in colpa, Riccardo Pietromarchi le era odioso, non sapeva se più ignorante o più arrogante.

Tra le informazioni di contorno al pezzo pregiato aveva anche riferito che era arrivato un manoscritto del generale Duilio Forconi. Un generale, aveva pensato, fa sempre la sua figura. Il commissario non aveva battuto ciglio, ma più tardi le aveva chiesto, senza apparenti connessioni con il libro di Forconi, se ultimamente Bassetti avesse cambiato abitudini riguardo alla sua borsa, che, a quanto gli risultava, adesso portava sempre con sé. E lei, tutta garrula, povera scema, aveva confermato che negli ultimi tempi sembrava non si staccasse mai dalla borsa. L'aveva sempre trattata con gran cura, ma adesso se la portava sempre a casa, e perfino al ristorante.

«Voi non potete vedere che cosa c'è dentro? Quando vi incontrate a casa sua? Quando si addormenta?»

«No» aveva risposto lei, «a parte il fatto che ha un sonno leggerissimo e dorme pochissimo, quando arriva a casa la chiude in un cassetto della scrivania. A chiave.»

Ripensandoci adesso si maledice per aver parlato del manoscritto di Forconi e della borsa. A dire la verità lei non aveva mai connesso le due cose, il manoscritto e la borsa, ma evidentemente il commissario sì. Del manoscritto lei aveva letto le prime dieci pagine quando era arrivato, trovandolo, com'era prevedibile, di nessun interesse: reparti, schieramenti, movimenti di artiglieria, l'arma del generale. Era indirizzato a Bassetti e lei, diligentemente, gliel'aveva inoltrato. Sulla borsa, invece, si era intrattenuta con il commissario per far passare il tempo, la mezz'ora dell'incontro, e perché non era riuscita a trovare altro da dire. O meglio, avrebbe avuto moltissimo, ma non aveva alcuna intenzione di dirglielo. Quello le era sembrato allora un particolare curioso, un tocco di colore, che le altre fonti, di sicuro ce n'erano, avrebbero confermato. Insomma, aveva cercato di camminare sul filo, illusa che era. E invece era miseramente precipitata. Soprattutto aveva contribuito a uccidere Luigi, l'amore della sua vita.

Dopo il rapporto di Donatella, il commissario non era riuscito a cavarsi dalla testa il generale Forconi. Collerico e impulsivo, imprevedibile nei suoi scatti. Se lo vedeva davanti com'era quando lavorava alle sue dipendenze, basso, con i baffetti a punta e la cieca convinzione, da vecchio militare, che quello che lui pensava fosse la verità assoluta. Un uomo intrattabile e mal disposto verso chiunque, rancoroso. Vendicativo. Doveva anche sapere molte cose, parecchie delle quali non tanto dicibili. Come mai in punto di morte – doveva avere ben presente cosa l'aspettava, forse pensava già al suicidio –, come mai proprio allora aveva spedito alla casa editrice il suo libro di memorie? Certo, il campo di battaglia, le glorie passate... Ma si trattava solo di questo? E come mai il Bassetti non si staccava dalla famosa borsa? Che cosa c'era dentro? Bisognava scoprirlo, e se, come sospettava, conteneva il libro del generale, bisognava leggerlo, dalla prima all'ultima riga, e molto attentamente. La cara Donatella non poteva fare di più, e così, dopo averla riconvocata, le aveva chiesto che fine avesse fatto il manoscritto di Forconi. Non lo sapeva, doveva essere rimasto sempre da Bassetti. Sulla sua scrivania, tra le sue carte? No, l'avrebbe visto: era uno scartafaccio spesso, a occhio trecento cartelle.

Ma poi, aveva aggiunto Donatella, che

problema c'era? Se fosse stato il caso, la censura, ma ancor prima l'editore stesso, l'avrebbero fermato.

«Lasciate stare.» Il commissario scuoteva la testa, sembrava preoccupato. «Bassetti ha relazioni dentro ma anche fuori d'Italia. Le vie dei sovversivi sono infinite.»

Uscita Donatella, si era fermato a pensare per una buona mezz'ora. Altri modi per arrivare al famoso manoscritto non pareva ci fossero. Aveva chiamato Brancacci.

10

Anche l'uomo di Roma è adesso incagliato sulla borsa di Bassetti e sul manoscritto del generale Forconi. *Che fine ha fatto la borsa?* A casa del defunto commissario non l'hanno trovata, negli uffici neanche a parlarne. Il commissario era un uomo molto riservato. Della sua vita, delle sue relazioni, perfino dei suoi recapiti, nessuno sapeva niente. Dato il grado e la funzione non era sorvegliato: era lui che sorvegliava gli altri. Doveva essersi tenuto la borsa per cinque giorni, dal martedì, quando in piazza Duomo Brancacci gliel'aveva consegnata, alla domenica, quando era stato ucciso. Che cosa ne aveva fatto? Dove l'aveva messa? Se l'era presa il suo assassino? Difficile, il commissario non l'avrebbe mai portata nella villetta all'incontro, riservatissimo, con uno dei suoi speciali. Che poi doveva averlo ucciso. La regola era di non avere mai nulla di personale addosso durante questi appuntamenti, né documenti identificativi né denaro né carte. Il commissario, con la sua ossessione per la segretezza, queste regole le seguiva pedissequamente. Il punto essenziale era il contenuto della borsa, quello per il quale il defunto commissario aveva imbastito un'operazione rischiosa, in pubblico, davanti a una folla di testimoni. Perché? Che cosa c'era dentro quella borsa di tanto prezioso? Il manoscritto del generale Forconi? Forse, ma strano, le memorie di un vecchio trombato. E allora che altro?

L'uomo di Roma scorre l'elenco dei libri passati a Bassetti prima che cominciasse a prendere tutte quelle precauzioni, la tracolla, la borsa sempre sottomano. Niente, si dice. Forse Forconi resta l'ipotesi migliore. Quel vecchio diavolo acrimonioso, che cosa potrebbe aver scritto? Intanto stiamo ai fatti. Intanto seguiamo il percorso del libro dentro la casa editrice.

Fa richiamare Cattaroni e gli chiede se sulla scheda vengono annotati anche i passaggi di un testo tra i vari funzionari, responsabili di sezione, consulenti, redattori eccetera.

«Sempre» dice Cattaroni, «è l'unico modo per sapere dov'è in quel momento il libro.»

«E il *Soldato d'Italia* del generale Forconi allora dov'è finito?»

«Se non c'è scritto altro sulla scheda vuol dire che è rimasto al dottor Bassetti.»

«Ma è arrivato diverse settimane fa!»

«Sì, è strano. In genere il direttore smista tutto quello che gli arriva in un paio di giorni.»

«Ci sono altre copie di questo testo?»

«Non credo, quando di un libro ce ne sono più copie, in genere capita con quelli stranieri, viene annotato sulla scheda, e si scrive anche a chi va ciascuna.»

L'uomo di Roma riflette. «Dunque Bassetti ha ricevuto il manoscritto di Forconi, l'ha probabilmente letto, e ha deciso di non passarlo a nessuno. Anzi, se l'è tenuto nella borsa e non l'ha mai lasciato. Ecco perché il commissario si era avventurato in quell'azione sconsiderata, ricorrendo a un mezzo delinquente come Brancacci. Voleva leggere il manoscritto. A tutti i costi. Ma perché?»

II

Dopo il pellegrinaggio in Brianza, Donatella è sempre angosciata, ma almeno esteriormente più calma. Riesce a controllarsi. Adesso sa. Le manca la parte essenziale, ma ha capito il punto centrale, quello che spiega il finto incidente. E la morte di Luigi. È coinvolto Mussolini, l'onnipotente Duce. Ricostruisce l'umore irto di Luigi nei loro ultimi incontri, ne capisce la ragione. Facevano l'amore come sempre con trasporto, senza alcuna routine, ma a tratti lui sembrava assentarsi, c'erano dei vuoti improvvisi. Diverse volte aveva ripetuto: «Non so che cosa fare.» Più avanti, sforzandosi di dirle qualcosa senza dire niente – per non coinvolgerla, per non comprometterla –, aveva aggiunto che era ossessionato «da questo libro drammatico». Un ordigno ben confezionato e letale. All'esterno un involucro grigio, conformista, roboante e noioso, fatto apposta, era convinto, per dissimulare, per passare inosservato in casa editrice. Tanto quel genere di libri – trasvolate, imprese militari, glorie del regime – non li leggeva nessuno, anche i redattori si limitavano ad applicare le norme della casa, maiuscole e maiuscoletti, poi li mandavano direttamente in composizione. Ma all'interno... al capitolo trentadue, verso la fine... una trentina di cartelle in tutto. Il nucleo durissimo, levigato... dinamite pura. Cambiava anche lo stile: secco, fattuale. Niente più retorica, niente più aria di caserma. Quel che raccontava era talmente forte, talmente violento, che creava da sé il proprio stile. Forse era un'aggiunta, scritta in fretta, molte più correzioni a mano del solito. Forse in punto di morte aveva voluto liberarsi di quel peso, o forse voleva solo pareggiare i conti, visto come l'avevano trattato. Luigi si era fermato e si era girato nel letto, verso di lei. «Se lo pubblico senza dire nulla a Pietromarchi e scavalcando la censura, magari fingendo di non averlo letto e di non sapere che cosa c'è dentro, di sicuro verrò licenziato, se non altro per negligenza, e con ogni probabilità finirò in galera. Il libro sarà subito sequestrato e non se ne parlerà più. Se metto al corrente Pietromarchi, come sarebbe mio dovere, sono altrettanto sicuro che riferirà subito alle autorità, forse al Duce in persona. Per farsi bello, per ottenere qualcosa in cambio. In ogni modo il libro non sarà pubblicato e il manoscritto sarà ovviamente distrutto. Ma il nucleo esplosivo è troppo importante per permettere che questo accada. Una nuova luce sulla storia degli ultimi dieci anni. L'opinione pubblica, italiana e internazionale, ha diritto di sapere, di toccare con mano la vera natura del fascismo.»

L'ultima volta che si erano visti, sempre a casa di lui, prima del cosiddetto incidente, le era sembrato più sollevato. Di umore diverso, migliore. Era tornato combattivo, più ottimista, se non addirittura allegro.

«Forse ho trovato la soluzione» aveva detto, «forse basta lasciar perdere il resto ed estrarre l'ordigno esplosivo di cui ti ho parlato. Si può fare tutto al di fuori della casa editrice, di modo che poi, quando indagheranno, si scoprirà che il manoscritto è integro e ben custodito negli uffici.»

Ecco, si dice adesso Donatella, l'origine della copia fatta battere a macchina alla cugina Clara.

«Dopodiché quelle venti o trenta cartelle si potranno far avere a chi so io. Non c'è bisogno di tutto il libro, quel librone del tutto inutile. Il capitolo cruciale può diventare un articolo, una serie di articoli, un opuscolo, non so...»

Il giorno dopo, in ufficio, le aveva detto che la settimana successiva sarebbe dovuto andare per lavoro in Francia, la sua segretaria personale era stata incaricata di provvedere al treno e all'albergo di Parigi.

12

In piazza Duomo, dopo essere finalmente entrato in possesso della borsa e aver dato un'occhiata al suo contenuto – un cospicuo manoscritto, come sospettava –, il commissario aveva deciso di andarsene a casa sua per poterselo leggere tutto e in pace. Gli serviva concentrazione e nessuno che lo disturbasse. L'appartamentino ammobiliato che in pratica usava solo per dormire, e rare volte per mangiare qualcosa di freddo, senza telefono e di cui solo quel suo assistente male in arnese, ma non sciocco, conosceva l'indirizzo, era l'ideale.

In una poltrona vecchiotta e comoda aveva dipanato per tutto il pomeriggio le imprese militari del generale Forconi. Una noia infinita; d'altra parte si era imposto di non saltare nulla, cercava qualcosa di nascosto, indizi, allusioni, e tutta quella piattezza sembrava fatta apposta per celare, per dissimulare.

Verso sera, quando era arrivato al capitolo trentadue, non solo aveva capito, ma gli si erano drizzati i capelli in testa. Era andata così, allora! Qualcosa, da mezze parole, accenni e sottintesi, l'aveva intuito, ma mai avrebbe potuto immaginare... Eppure nella sua povertà di stile, nella sua magrezza, la prosa di Forconi sembrava un verbale, una trascrizione parola per parola. Era proprio andata così, gli sembrava quasi di avere davanti le persone mentre parlavano. Adesso capiva perché Bassetti non aveva voluto far vedere il manoscritto a nessuno, per quale motivo se l'era tenuto ben stretto... Doveva aver meditato anche lui sul da farsi. Forse aveva esitato, forse da antifascista qual era stava escogitando qualche marchingegno. Forse il cosiddetto incidente era arrivato appena in tempo, prima che la situazione precipitasse. Comunque adesso quel tesoro, ovvero la patata più bollente che si fosse mai vista, ce l'aveva lui, era in mano sua. Solo sua.

Questo gli diede da pensare. Che cosa doveva, o poteva, farne? Di prassi avrebbe dovuto riferire al suo superiore, al capo dell'organizzazione, il quale di sicuro si sarebbe appropriato di tutto il merito e avrebbe fatto in modo di cancellare il suo – del commissario – ruolo. Dopodiché, consapevole della propria vigliaccata, lo avrebbe relegato nella posizione più oscura e periferica possibile. Che so, addetto alla sicurezza in un'ambasciata africana, oppure in un ospedale militare a scoprire i finti malanni dei lavativi che volevano farsi riformare. D'altra parte se avesse scavalcato le vie gerarchiche e si fosse rivolto direttamente al Duce, non era detto che le prospettive fossero migliori. L'uomo non lo conosceva, l'aveva visto un paio di volte, in occasioni ufficiali, saluto romano, stretta di mano. «Bene, bene» gli aveva detto, «ho seguito i vostri progressi, molto bene! Vi annovero tra le principali sentinelle del regime. Mi raccomando, proseguite così. Vigilanza soprattutto, vigilanza! I nostri nemici non dormono mai.»

Ma al di là delle frasi di circostanza (era sicuro che non avesse la più pallida idea di chi fosse lui e di che cosa facesse) l'uomo era ombroso. Sospettoso. L'idea che lui conoscesse il segreto del generale Forconi e che se anche gli avesse consegnato il testo originale avrebbe sempre potuto averne fatto una copia, lo avrebbe messo in allarme. E le conseguenze non sarebbero state un semplice siluramento... Distruggere il manoscritto e chiudere così la questione sarebbe stato comodo, ma sommamente stupido. Avrebbe perduto la carta migliore che avesse mai avuto in mano. Pensando alla carta, si era detto che semplicemente non andava giocata adesso. Meglio aspettare una circostanza favorevole, e soprattutto avere qualcosa da chiedere in contraccambio. Tutti gli uomini, compreso quello, capiscono subito il linguaggio dello scambio, li tranquillizza. A patto, com'è ovvio, di prendere tutte le precauzioni del caso. Cominciò a elaborare il piano, a studiarne tutte le mosse. La prima consisteva senz'altro nel togliere di torno il manoscritto.

Dormì poco e male quella notte, si alzò a un'ora antelucana e, munito della famosa borsa, andò a prendere la sua macchina personale, una vecchia Balilla, che teneva in un garage, non nel suo cortile, ma in quello di un'altra casa in una via sufficientemente distante.

La portinaia che stava spazzando l'androne lo salutò con ossequio. Non lo vedeva spesso, e lui le aveva lasciato intendere di essere un importante funzionario della prefettura. (Nelle coperture, mai discostarsi troppo dalla verità, e in questo caso era quasi vero.)

Guidò prima sulla statale per Pavia e poi per Voghera; molti carri agricoli, si procedeva lentamente. A Voghera si addentrò nelle colline, diretto a Varzi. Proseguì salendo per un borgo sperduto, dove si fermò davanti alla casa di Amerigo Caprara, nominalmente un agricoltore, in realtà un possidente che si occupava delle sue non poche proprietà. Un anno prima il commissario aveva preso in affitto dal Caprara – che non voleva vendere – un casolare disabitato, collocato ancora più in alto, sul crinale di una collina da cui si godeva un'amplissima vista. Per questo gli era piaciuto. E per il suo isolamento, che poteva sempre tornare utile. Il Caprara, che non lo vedeva da alcuni mesi, lo accolse con la cordialità diffidente dei contadini e si offrì di accompagnarlo per il sentiero piuttosto erto che saliva al casolare. Il commissario rifiutò e accennando alla borsa disse che doveva rivedere alcuni testi. Il Caprara annuì, credeva che il commissario fosse un professore dell'Università di Pavia. Giunto senza fiato al casolare, il commissario considerò la situazione. Dove nascondere la borsa? Scartò tutti i posti elaborati – anfratti nei muri, vecchi mobili nel solaio –, dove di sicuro un uomo dell'organizzazione, per esempio quel suo sagace assistente, sarebbe andato subito a guardare. No, ci voleva qualcosa di semplice. E di comodo, nel caso in cui avesse dovuto riprenderla. Al piano di sopra, sui letti, al posto dei materassi c'erano dei paglioni, poco più che sacchi riempiti con foglie di granoturco. Ne scucì uno per tre spanne, ci infilò la borsa e lo richiuse. Poi, siccome il viaggio e la salita a piedi lo avevano stancato, ci si sdraiò sopra. Una sorta di collaudo, pensò prima di addormentarsi.

13

No, non può finire così. Questi criminali che hanno ammazzato Luigi non possono farla franca. Prima di tutto, rimugina Donatella, voglio sapere come va a finire quella storia, che cosa c'è – o c'era – scritto nella parte del manoscritto che la cugina Clara non aveva fatto in tempo a ricopiare. Poi di botto si ferma, come folgorata. Manoscritto? Quale manoscritto? Non era un manoscritto, ma un "dattiloscritto". Qualcuno lo aveva battuto a macchina. Chi? Il generale in persona? Improbabile, per non dire impossibile. I generali non sono stenodattilografi, hanno sempre plotoni di sottoposti che scrivono a macchina per loro. E come scrivono questi sottoposti, sotto dettatura o ricopiando? Si vede dalle cancellature, pensa Donatella. Se le cancellature sono frequenti, se intere frasi sono riscritte, vuol dire che il testo è stato dettato da chi lo componeva in quel momento. Se sono rade, invece, vuol dire che è stato copiato da un testo precedente o che è stato dettato da qualcuno che leggeva dal testo precedente. In ogni caso esisteva – e forse esiste ancora – un testo precedente. La cosa più probabile è che il generale abbia scritto il suo libro a mano per poi farlo ricopiare, o che l'abbia dettato a un dattilografo. O a una dattilografa. Bisogna indagare. E per indagare occorrono tempo e libertà di movimento, due cose che lei non ha.

Chiede un appuntamento con l'editore, che la riceve in giornata. Gli dice che è ancora scombussolata per la morte del dottor Bassetti, dorme poco e non riesce a concentrarsi. Se fosse possibile vorrebbe staccare per un po', forse un paio di mesi, per raccogliere le idee e capire bene che cosa vuole davvero fare.

«Ma povera ragazza» dice l'editore, mentre le guarda con interesse le gambe. «Vi pare che non vi comprenda? Anch'io, dopo questa disgrazia, ho sonni tormentosi, anch'io non so che fare, nel mio caso come sostituire il povero Bassetti. Io purtroppo, per le mie responsabilità, non posso allontanarmi da qua, prendermi una pausa.» Si alza e le accarezza lievemente le spalle. «Ma voi, mia cara, certo che potete! Per tutto il tempo che riterrete necessario. Senza emolumenti, com'è ovvio, ma al vostro rientro, non affrettato, mi raccomando, siate sicura che la vostra posizione sarà qui ad attendervi.»

Quando Donatella esce dall'ufficio, l'editore fa chiamare il direttore amministrativo, che si occupa anche del personale, e gli dice di avviare una ricerca per la posizione di responsabile della segreteria editoriale.

Donatella inizia la sua indagine dalla biblioteca comunale, e più precisamente dall'emeroteca. Sfoglia il *Corriere* dei giorni immediatamente successivi alla morte del generale e scorre i necrologi. Che sono pochi: vecchi compagni d'arme, fedeli subordinati, un'aria di tempi andati, ma a lei interessano i parenti, i verosimili eredi. A quanto pare ce n'è solo uno, il figlio, l'ingegner Terenzio, dotato a sua volta di moglie e due figli. Come risulta dalla partecipazione al lutto di un gruppo di colleghi, l'ingegnere lavora all'Edison. Anche sull'elenco telefonico della Stipel di Terenzio Forconi ce n'è uno solo, e Donatella lo chiama nel tardo pomeriggio.

Una voce cauta e priva di accento (il generale veniva invece dal frusinate e, a detta di molti, si sentiva) le dice che l'appartamento del padre è stato svuotato e messo in vendita; tranne pochissimi ricordi, un ritratto della madre scomparsa da molti anni e alcuni oggetti, tutto il resto è stato lasciato alla signora Adalgisa, la governante-cameriera-assistente-infermiera che l'ha seguito e servito fino all'ultimo, e che una tragica mattina ha scoperto il cadavere in quel mare di sangue. Non ha difficoltà a dare a Donatella l'indirizzo della signora Adalgisa, che abita alla Bullona, vicino alla fabbrichetta dove il marito fa l'operaio.

L'Adalgisa non sa niente di carte, tantomeno di manoscritti; nell'insieme è molto scandalizzata dal comportamento del figlio del generale (che lei chiama «quello là»), per la sua palese intenzione di cancellare ogni traccia del padre. Ha già venduto la maggior parte dei mobili e degli arredi, e il resto lo tiene in un magazzino lì in cortile. «Ma no, nel magazzino non c'è niente che riguardi la vita militare del generale.» Divise, decorazioni, diplomi, carte di ogni genere: tutta questa roba gliel'aveva chiesta dopo il funerale il colonnello in pensione Goffredo Oldoini, che del generale era sempre stato prima l'ufficiale di ordinanza e poi l'aiutante, l'unico militare che negli ultimi anni venisse regolarmente a fargli visita. E lei, l'Adalgisa, tutta quella roba era stata ben felice di dargliela, visto che non aveva nessun valore e non sapeva che farsene. «Pensate» gli dice scandalizzata, «quello là non ha neanche voluto tenere la sciabola di suo padre!»

Nel dignitoso appartamento degli Oldoini, Donatella viene ricevuta dalla moglie Giuditta, alta e ossuta, con molte tracce di una non comune bellezza. Ex segretaria ed esperta stenodattilografa, lavorava al comando della divisione di Milano, dov'era stata notata dall'allora tenente Oldoini, che per via della sua innegabile avvenenza, pensa Donatella, aveva scavalcato le barriere di classe che separavano lui, aristocratico, da lei, piccolissima borghese, e in pochi mesi l'aveva sposata. Da allora in poi la loro vita si era tutta svolta all'ombra del generale Forconi, che avevano seguito in ogni sua peripezia fino alla repentina e inspiegabile disgrazia. Lei aveva sempre battuto a macchina tutto quello che occorreva al generale: lettere, rapporti, relazioni di servizio. E certamente, sì, era stata lei che il defunto generale aveva pregato di ribattergli a macchina il testo del libro che stava scrivendo. Anche se tutti, il generale, il colonnello suo marito e lei medesima, erano ormai in pensione, la devozione era rimasta immutata. Una sola copia, si era raccomandato il generale, da spedire poi alla casa editrice Pietromarchi, all'attenzione del dottor Bassetti. Tutte cose che lei aveva fatto, compreso trascrivere quell'ultimo capitolo aggiunto alla fine – pausa –, prima di restituire il vero e proprio manoscritto al generale. «Il quale manoscritto, se lui non l'ha distrutto», altra pausa significativa, la signora Giuditta non è una sprovveduta, «dovrebbe essere tra le carte che l'Adalgisa ci ha consegnato. Vado a vedere» dice, e scompare per un quarto d'ora. Ritorna con un voluminoso pacco di fogli. «Eccolo qui» dice, «tutto intero», ultima pausa, «non ha distrutto nulla.»

Donatella nota la grafia, grande, appuntita, una mediocre imitazione di quella dannunziana. *Non c'è dubbio, questo è quel che ha scritto il generale Forconi.* Va al capitolo trentadue e salta la prima parte, quella ricopiata dalla cugina Clara nella quiete monastica della biblioteca in Brianza.

14

Come annunciato, Mussolini, legge ora Donatella, aveva tirato diritto. «Dobbiamo mettere un punto, produrre un fatto. La nostra dottrina è il fatto. Quell'uomo, quel Matteotti, va tolto di mezzo. Eliminato, liquidato. Definitivamente. Ho già dato le disposizioni necessarie, uomini fidati e risoluti.»

«Ma, Duce» aveva obiettato Forconi, «sarà una tempesta, tutti ci salteranno addosso.»

Anche gli altri presenti, le comparse rimaste fino a quel momento mute, si erano unite a lui nel pronosticare reazioni terribili, rischi incalcolabili, un vero e proprio assalto a tutto il fascismo e in primo luogo a lui medesimo, il Duce.

A questo punto Forconi si era fermato, aveva riflettuto per qualche secondo, preso com'era, a suo dire, dalla consapevolezza che si trattava di una questione di principio, non solo di opportunità o meramente politica. Poi si era buttato. «E soprattutto, Duce, questo sarebbe un assassinio a sangue freddo, un gesto criminale. Permettetemi di dirvi che non lo posso condividere, è del tutto contrario all'onore militare.»

«Imbecillità perfetta, imbecillità senile» aveva ruggito Mussolini. «La storia se ne frega dell'onore. Noi abbiamo bisogno, dico bisogno, di mettere un punto fermo, di far capire con la massima chiarezza che le vecchie regole non valgono più, che il mondo è cambiato. Definitivamente cambiato. E quando l'avranno capito bene ci serve una cartina di tornasole. Qualcosa di inequivocabile. Chi sta con noi e chi è contro di noi. Dobbiamo far fare all'Italia il passo che abbiamo cominciato, solo cominciato, con la marcia su Roma. Il problema non è Matteotti, un poveretto, che cosa volete che conti un avversario a capo di un partitino... Il problema è che lui si è esposto, che dice ad alta voce quello che tanti altri pensano. O borbottano. Il punto non è quello che ha detto, ma che l'abbia potuto dire. Apertamente, pubblicamente, in pieno parlamento! No, no, bisogna darci un taglio. Matteotti non è tanto la persona di Matteotti: è un simbolo, e la sua fine sarà un segno. Poi, certo, ci sarà una turbolenza, una grande turbolenza, ma la turbolenza è la nostra specialità, il nostro ambiente preferito. Dovremo destreggiarci, negare, fare passi avanti e passi indietro; io stesso negherò, smentirò, dirò in pratica che la cosa ci è sfuggita di mano, che è sfuggita al nostro controllo, butterò a mare chi sarà necessario buttare. Ma, guardate bene, la sostanza alla fine sarà ben chiara a chiunque. Chi osa sfidare il fascismo, chi sfida me, ci rimette la pelle. Onorevole o non onorevole, parlamento o non parlamento!»

Mussolini era tornato dietro la scrivania e a occhi spalancati, fissi, guardava uno per uno gli uomini che gli stavano davanti.

«Quel che ci giochiamo, tutti noi, ora e da ora in avanti, è la possibilità reale di instaurare, di creare un regime, il nostro regime. Di farla finita una volta per tutte. Voi, piuttosto, Forconi, voi che avete in mano e controllate le leve principali della sicurezza, tenetevi per avvertito. Preparatevi, date le istruzioni opportune, state all'erta. Lasciate perdere le vostre ubbie, sua maestà, l'onore e tutto il resto. Scendete in campo. È l'ultima volta che ve lo dico.»

«Farò come sempre il mio dovere» aveva replicato, a suo dire, Forconi, «ma insisto perché il fascismo non si macchi di questa infamia. Il delitto politico non è mai stato nei nostri metodi.»

«Ah, insistete» aveva concluso Mussolini, sempre più cupo. «Sappiate allora che sull'essenza del fascismo credo di aver qualcosa da dire, visto che l'ho creato. E quanto ai metodi, sono io che li stabilisco. Adesso non posso privarmi di voi, non posso creare uno sconquasso alla vigilia di questo rivolgimento. Vi esorto, come voi stesso dite, a fare il vostro dovere. Ci sarà poi tempo per tutte le altre considerazioni.»

Forconi scriveva che in quel preciso momento aveva capito che il suo rapporto fiduciario con Mussolini era definitivamente compromesso, finito. E che doveva prepararsi alle inevitabili conseguenze.

15

Le conseguenze, pensa Donatella. L'ultima conseguenza era stata la morte di Luigi. La morte o, per meglio dire, l'assassinio. Come il suo mentore e ispiratore, Mussolini, anche il commissario non aveva esitato. Se c'era da uccidere, poche storie, si uccideva. Era stato il commissario, Donatella ne ha l'assoluta certezza, a organizzare l'incidente di Luigi. Ma che incidente... L'agguato! Voleva il libro, voleva vedere che cosa aveva scritto Forconi. Sapeva del suo siluramento e immaginava che vi fosse sotto qualcosa di scottante. E quella smania di scrivere *in articulo mortis* non gli lasciava presagire nulla di buono. Aveva ragione l'orribile commissario, orribile e intelligente, bisogna riconoscere. Orribile, intelligente ed egocentrico. Orribile narciso. C'era solo lui, tutto ruotava intorno a lui e promanava da lui. Il centro dell'universo. Il grande burattinaio. Con ogni probabilità, anzi sicuramente, non aveva detto a nessuno della collaborazione, chiamiamola così, di Donatella. Né tantomeno ne aveva scritto. Era una sua creazione, una sua invenzione che non avrebbe condiviso con nessuno.

Riflette a lungo e non vede controindicazioni all'idea che le è balenata all'improvviso.

Il giorno dopo, nel primissimo pomeriggio va a Taliedo, nella via della villetta dove si è sempre incontrata con il commissario. Sull'altro lato della strada ci sono qua e là vecchie case di contadini abbandonate e mezze crollate. Si infila in una che si trova alla giusta distanza dalla villetta ma da cui si può vedere bene l'ingresso. In mezzo a calcinacci, tavole marcite e travetti trova la finestra senza né vetri né imposte che fa al caso suo. Ben al riparo si mette di guardia. Non era mai venuta prima delle tre, e infatti solo alle due e mezzo vede il commissario che, a piedi e di buon passo, si avvicina alla villetta, tira fuori una chiave, apre la porta e scompare all'interno. Poi dalle tre in avanti ogni ora arriva un visitatore, suona alla porta che viene aperta – una volta intravede il commissario –, entra e riesce dopo circa mezz'ora. Non riconosce nessuno tranne il Barlanti, romanziere infimo e lurido ma di vasto successo, un malvissuto che lei ha sempre odiato, grande protetto dell'editore. L'ultimo visitatore però – alle sette, ormai è buio ma per fortuna davanti alla villetta c'è un lampione – è un volto ben noto e prima ancora una divisa ben nota, blu con i bottoni d'oro. Quel fascista del Cattaroni, a ragione Luigi ne aveva sempre diffidato! Alle otto esce anche il commissario e si avvia come se andasse a passeggio. Donatella aspetta cinque minuti, poi se ne va anche lei. Sa quel che voleva sapere: nella villetta, quando riceve i suoi ospiti, il commissario è solo. Sempre solo.

Il necrologio per l'inesistente ragionier Amilcare Frusto – la richiesta d'incontro indirizzata al commissario – compare sul *Corriere*, il commissario richiama subito, di primissima mattina, e fissa l'incontro per quella stessa giornata, domenica, sempre alle tre del pomeriggio. Poco dopo Donatella torna al cimitero in Brianza per sentire Luigi vicino a sé: gli chiede consigli pratici e la sua approvazione per quel che intende fare.

Sul treno di ritorno a Milano si accorge di tremare, batte i denti. Ma in effetti fa molto freddo. Alle tre in punto suona alla villetta dalle parti di Taliedo. Quando è seduta in cucina davanti al commissario, senza saluti né convenevoli pronuncia la frase che si è preparata. La voce non le trema, ma è un po' roca, da tanto non parla; le dispiace, si era immaginata parole nette e fredde, superiori, non questi raschi, come fosse una donnetta. Almeno la sostanza non cambia.

«Voi avete fatto uccidere il dottor Luigi Bassetti.»

Il commissario la guarda fisso senza muovere un muscolo. «Siete per caso impazzita?» le chiede come se chiedesse l'ora.

«No» dice lei, «ne sono sicura, più che sicura.»

«Vi capisco.» Il commissario ha un tono stanco, come se assistesse a una commedia prevedibile e di mediocre qualità. Sospira. «La morte tragica di Bassetti, il trauma, la ricerca di una ragione e di un colpevole per una cosa che non ha nessuna ragione e nessun colpevole. Tutte cose abbastanza naturali.»

«Non c'è niente di naturale» ribatte lei con una voce ancor più roca, «in un agguato così ben costruito, nei minimi particolari.»

«Voi l'avete visto, eravate presente? Sapete come sono andate le cose?»

«No, non c'ero, stavo ancora in ufficio.»

«Ma allora, mia cara... come fate a dirlo? Come potete essere così sicura? Non scambiate per caso le vostre fantasie con la realtà? Anch'io non ho visto nulla, e proprio per questo non mi azzardo a immaginare come possa essersi svolto quello sciagurato incidente. Lasciate stare, un uomo scivola, cade e per disgrazia finisce sotto un tram. Tutto il resto, dovete ammetterlo, non ha alcun riscontro, è pura fantasia.»

«E allora dov'è finita la borsa di Bassetti?»

«Quale borsa? Che cosa volete che ne sappia. Una borsa, dite. Mah, qualcuno se la sarà presa, sapete come succede negli incidenti: gente, grida, confusione. E una mano più lesta che se ne approfitta. Cose di tutti i giorni.»

Vittorioso sul piano della ricostruzione

dei fatti, o almeno così pensa, il commissario si lascia prendere dal suo istinto indagatore e si avventura sullo scivoloso terreno delle motivazioni. Con voce neutra chiede per quale ragione avrebbe mai dovuto farlo.

«Per impadronirvi del manoscritto del generale Forconi in cui si dice che fu Mussolini in persona a volere, a decidere e a organizzare la soppressione dell'onorevole Matteotti.»

«Ma state vaneggiando?... A parte il fatto che è assolutamente falso, a chi volete che interessi questo supposto segreto? Vi sembra una buona ragione per organizzare oggi, dico oggi, un omicidio? Sono cose vecchie di più di dieci anni, morte e sepolte, dimenticate, un capitolo chiuso! Del resto il Duce, nel famoso discorso del 3 gennaio 1925, si è assunto pubblicamente e clamorosamente tutte le responsabilità per il delitto Matteotti. Dunque dove sarebbe la straordinaria rivelazione, il grande scandalo, andiamo...»

«Quella era retorica, pura retorica eroica, il grand'uomo che prende sulle sue larghe spalle tutte le responsabilità. Questi sono fatti. Fatti miserabili, in combutta con delinquenti e sicari. Lui ha pensato e costruito l'agguato. Lui ha voluto l'assassinio, perché aveva calcolato l'effetto, l'onda di vero terrore che avrebbe suscitato. Anche contro il parere dei suoi fidi.»

Donatella sente montarle dentro una rabbia cattiva. Il suo Luigi è morto per questo, e vedere adesso un servo crudele, un manipolatore prezzolato, negare impudentemente il significato, il valore della sua morte le fa venir voglia di saltargli alla gola, di straziarlo. Si controlla, almeno esteriormente.

«Siete voi, adesso» gli dice con una voce tornata ferma e chiara, «che fate la parte dello stupido. State scherzando? Cosa pensate che succederebbe in Italia e fuori se si scoprisse, non se si ipotizzasse, ma se un testimone oculare riferisse che il Duce del fascismo, il grande statista internazionale, il fondatore dell'Impero, non è altro che un volgare assassino? Se ci fosse la prova provata. Questo sì che sarebbe un vero scandalo, uno scandalo di portata internazionale! Potrebbe far traballare il regime. Non pensate sia un buon motivo, un eccellente motivo, per aver eliminato Bassetti? Perché anche voi, commissario, siete un assassino, fate parte di una congrega di assassini. Lo avete fatto uccidere perché sapeva, perché aveva letto quel capitolo, perché in un modo o nell'altro sarebbe riuscito a renderlo pubblico.»

Il commissario tace e riflette. «Vi siete innamorata» dice con un tono di commiserazione e anche di sorpresa, come se non si fosse aspettato quell'evoluzione dal suo punto di vista così poco razionale.

«Questi sono fatti miei.» Donatella è arrossita, ma ha acquistato sicurezza: non vuole più fare la parte della docile pecorella.

Il commissario coglie subito questo cambiamento di tono e prende un'altra strada. «Dunque voi avete letto il manoscritto di Forconi?»

«Certo» dice Donatella, «so tutto.»

«E come l'avete letto, ve l'ha dato Bassetti?»

«No, ma anche questi sono fatti miei.»

«I vaneggiamenti di un vecchio rimbambito» sospira il commissario, «una semplice, umana e comprensibile vendetta per essere stato cacciato. Il che non toglie che voi a queste fandonie ci crediate.»

C'è una luce fredda negli occhi di Donatella, ed è questa luce che non ha mai visto a far cambiare l'atteggiamento del commissario, come se si togliesse la maschera paternalista e lasciasse vedere per la prima volta la fisionomia dell'animale feroce.

«Bene, bene... mi rendo conto... Allora permettetemi di dirvi come stanno davvero le cose. Voi non siete una bambina. Quando vi siete messa in questa faccenda, e, vi ricordo, l'avete fatto per un vostro preciso tornaconto, sapevate bene che non era un gioco. Mi avete parlato anche voi, proprio voi, sia della borsa sia del manoscritto di Forconi che ci stava dentro. Quindi se c'è stato un delitto voi ne siete complice. Un testo di grande importanza, avete ragione, lo riconosco e vi ringrazio per la segnalazione. Ebbene sì, ve lo confermo, non è un gioco, è una guerra. E in guerra qualcuno ci rimette la pelle. Potrei dirvi che mi spiace per Bassetti, ma non è vero, come non starò a raccontarvi che si è trattato di un imprevisto, di una casualità, come può succedere nelle guerre. Era un nemico, tramava contro di noi, avrebbe montato un'operazione clamorosa. Dovevamo fermarlo, ad ogni costo. L'abbiamo fatto perché bisognava farlo. Comunque tutto questo appartiene al passato, capitolo chiuso. Adesso prendete atto del vostro coinvolgimento e del vostro ruolo in questa vicenda. Ci siete dentro come ci sono dentro io. Adesso calmatevi e ragioniamo.»

«No» dice Donatella, «non c'è proprio niente di cui ragionare.» Si alza, fa due passi verso la porta, intanto fruga nella borsetta e prende la vecchia Glisenti d'ordinanza che suo padre si era sempre tenuto nella cassaforte. L'ha provata il giorno prima in un prato di periferia e funziona. Si volta e la punta sul commissario, che non fa neppure in tempo a spalancare gli occhi.

Spara.

Si avvicina al corpo caduto a terra. «Avete ragione, non è un gioco» dice con la sua nuova voce, ferma e chiara, mentre il commissario muove le labbra, cerca di parlare.

Gli spara di nuovo, questa volta in faccia.

16

Lo schiocco secco dei due colpi riempie la stanza, tocca la parete dietro il corpo del commissario, risale fino al foro nerastro vicino al soffitto, percorre un breve tratto della canna fumaria, esce da una sorta di finestrella e va a urtare l'orecchio di chi sta lì seduto ad ascoltare. Da un bel pezzo, non solo minuti, ma ore, giorni, settimane, mesi. Da quando appunto, tempo prima, l'assistente, nello scrupoloso adempimento dei suoi compiti – lui così solerte –, aveva ispezionato la villetta per vedere se era idonea a diventare la sede degli incontri riservati del commissario, aveva notato, con non poca soddisfazione, che sulla parete di fondo della presumibile futura stanza degli incontri vi era un foro circolare e annerito dalla fuliggine. Con ogni evidenza lì un tempo doveva essere innestato il grosso tubo argenteo che portava alla canna fumaria lo scarico di una cucina economica adesso scomparsa, ma di cui si vedeva ancora il segno sulla parete. Gli era parsa un'opportunità interessante e ne aveva preso debita nota. Quando poi si era trattato di decidere, la presenza di quel foro annerito era stata uno dei principali elementi che l'avevano indotto a scegliere la villetta di Taliedo. Durante i lavori di sgombero aveva fatto in modo che da basso il tavolo della cucina venisse a trovarsi esattamente sotto il foro dell'antico tubo e in alto, al piano di sopra, in una stanzetta che doveva essere stata una camera da letto, aveva fatto aprire una finestrella sulla canna fumaria, da tempo inutilizzata. Accostandosi alla finestrella si sentiva benissimo tutto quel che veniva detto nella cucina degli incontri, dato che il commissario e il suo informatore si trovavano alla distanza di un paio di metri o poco più. L'assistente era molto soddisfatto della semplicità, dell'economicità e dell'efficienza di questo suo impianto d'ascolto. Che era anche ragionevolmente sicuro: nessuno aveva mai pensato di avventurarsi al piano di sopra, men che meno il commissario, che si occupava di questioni più elevate e demandava quelle pratiche ai subordinati, in primo luogo a lui. In tutti i mesi durante i quali aveva utilizzato la casetta, il commissario non si era mai degnato di avvicinarsi alle scale, dato che non ne aveva né la necessità né la voglia. E del resto non aveva obiettato nulla neanche sulla presenza del foro annerito. Minuzie, bassezze di cui lui non si interessava. L'assistente, invece, per il quale le minuzie e le bassezze erano il pane quotidiano, ma anche perché era curioso di natura, si era organizzato per potersi dedicare all'ascolto come sua attività principale. Aveva preso l'abitudine di sbrigare tutte, o quasi, le sue incombenze d'ufficio e di liberarsi delle scartoffie durante la mattinata, in modo da potersi appollaiare nel pomeriggio accanto alla finestrella ad ascoltare tutto quel che veniva detto tra il commissario e i suoi informatori, in particolare i suoi famosi speciali. Che ormai, a differenza di quel che avrebbe poi dichiarato al responsabile venuto da Roma, conosceva tutti per nome, cognome e indirizzo, anche se, memore in questo degli insegnamenti del commissario, si era ben guardato dal farne un elenco.

Col passare del tempo aveva poi capito quali tra gli speciali erano di reale interesse, e siccome il commissario era un abitudinario – stesse persone, negli stessi giorni, alla stessa ora – andava ad ascoltare solo quando sapeva che uno di loro si sarebbe presentato. Donatella Modiano, in particolare, aveva attirato la sua attenzione. Perché era una donna, perché aveva intelligenza e cultura (diversamente da quasi tutti gli altri speciali, che sotto le alte cariche e i molti quattrini erano rozzi e ignoranti), perché aveva uno charme letterario che lui stesso, figlio unico di madre vedova, avrebbe desiderato acquisire prima di doversi rassegnare e iscriversi, per necessità economiche, a ragioneria. E infine perché era bella, molto bella, come aveva avuto modo di costatare appostandosi davanti alla Pietromarchi e seguendola a casa sua e, più segretamente, a casa del povero Bassetti. La conosceva di persona, si può dire, e non si era meravigliato affatto che fosse rapidamente venuta a capo dell'intrigo del commissario che aveva portato all'eliminazione del suddetto Bassetti.

Non si aspettava invece i due colpi di pistola, non l'aveva previsto, non era mai accaduto niente di simile in tutto il tempo della sua sorveglianza segreta. Fa un balzo indietro, come per ripararsi, ma da cosa? Rischia di far cadere lo sgabello, riesce a scostarsi da quel buco, da quella finestrella. Chi dei due ha sparato, il commissario o la Modiano? Ci mette un minuto a riprendersi. Vediamo... Il commissario potrebbe essersi sentito scoperto e aver deciso di eliminarla. Oppure la Modiano potrebbe aver ceduto all'impulso di vendicarsi e di far finalmente fuori l'assassino del suo amante. O del suo amore. Ma vediamo meglio... Il commissario è un animale a sangue freddo, e anche la scoperta delle sue trame che effetto potrebbe mai avere... La Modiano ha invece sangue caldo, caldissimo. Non ci possono essere dubbi, è stata lei a sparare. La conosce di persona o quasi, ma adesso si meraviglia della decisione di lei, della sua risolutezza, del suo coraggio, del suo scatto. Soprattutto si stupisce che una borghese garbata e colta, una persona di finezza intellettuale, si sia adattata ai tempi, o forse ne sia stata solo contagiata, al punto da accettare di uccidere. Anche lui aveva sognato mille volte di farlo fuori, quell'odioso commissario, con la sua arroganza, il suo tono sprezzante, il suo senso di totale impunità, la sua certezza di essere il burattinaio che tirava tutti i fili. Ma appunto lo aveva solo sognato: gli mancava la tempra per passare all'azione, e lo sapeva. Suo padre, uno scribacchino della questura, era morto giovane e gli aveva lasciato una vita stentata in un piccolo appartamento di periferia con una madre piangente, sempre a lamentarsi dei pochi soldi della pensione. Gli aveva però anche lasciato antichi colleghi e superiori che al momento opportuno non avevano lesinato il loro appoggio per permettere anche a lui di entrare nella polizia. Un impiego, un (relativamente) buon impiego, che aveva reso felice sua madre, convinta che quella poliziesca fosse la migliore delle sistemazioni possibili. Lui aveva ben figurato per la sua diligenza e per il suo riserbo, fino al punto che gli era stato proposto di entrare nell'organizzazione. Il che, a parte la difesa del regime, per il quale non nutriva alcun interesse né particolari entusiasmi, in concreto significava uno stipendio circa raddoppiato rispetto a quello che allora gli toccava.

Il lavoro segreto si era rivelato meno avventuroso del previsto, almeno fino a quando la felice combinazione commissario-speciali-buco nel muro non gli aveva aperto nuovi orizzonti. O, per meglio dire, gli aveva rivelato la trama nascosta della realtà. Una cosa, a dire il vero, disgustosa, un intreccio di ambizioni e tornaconti personali, di menzogne e tradimenti, di meschinità e spietatezze e inganni e avidità. Uno sguardo nell'inferno. Non aveva mai nutrito una vera e propria fede nel fascismo, ma l'aveva sempre considerato come una cosa immutabile, un dato di fatto, una struttura permanente della realtà, simile, per dire, alla monarchia o alla Chiesa. Ma vederselo squadernato davanti, nei suoi ingranaggi, nelle sue molle, nei suoi elementi costitutivi, gli ha tolto ogni illusione, come di fronte a un orologio rotto. Non è diventato antifascista, non si figura neanche bene che cosa voglia dire essere antifascista; non riesce a immaginarlo in concreto, cova solo una specie di rabbia, sente crescere dentro di sé l'impulso di distruggere, di usare tutto quello che sa e che ha in mano per arrecare a questa mostruosa falsità tutto il danno possibile. E, se ne rende conto, le cose che sa e che ha in mano non sono poche. Gli intrighi, le delazioni, i doppi giochi, i veri e propri segreti. A partire dal manoscritto del generale Forconi, dalla famosa borsa. Il commissario, nella sua alterigia, era sicuro di averlo nascosto in maniera impeccabile. Ma lui, il bistrattato assistente, non aveva dubbi su dove l'avesse messo.

Più o meno un anno prima, il 3 ottobre del '35, il giorno della dichiarazione di guerra all'Etiopia, tutti gli alti dirigenti, tra cui il commissario, avevano dovuto lasciare un recapito telefonico a cui fossero in caso di necessità reperibili. L'assistente, sempre curioso, era andato a cercare l'elenco dei recapiti e aveva scoperto che quello del commissario corrispondeva a un paesino nei pressi di Varzi. Da lì risalire all'Amerigo Caprara e poi al casolare isolato preso in affitto da un professore dell'Università di Pavia era stato un gioco da ragazzi. Il tutto lo aveva fatto con estrema discrezione, senza mai esporsi personalmente. Adesso il manoscritto è suo, non c'è dubbio, si tratta solo di andare a prenderlo. Ancora una volta l'ossessione narcisistica per la segretezza, per essere solo lui e sempre lui l'unico a sapere, il centro di tutto, ha giocato un brutto tiro al commissario. Non ha voluto avere piantoni e così ha permesso che lo uccidessero senza correre alcun rischio, senza difficoltà e senza lasciare tracce. Non ha mai voluto rivelare l'identità dei suoi speciali e adesso nessuno, tranne lui, l'assistente, sa di Donatella Modiano. Non ha depositato la famosa borsa nell'archivio dell'organizzazione e sempre lui, il disprezzato assistente, può tranquillamente impadronirsene.

E adesso? Che cosa fare adesso di questo patrimonio di conoscenze, di tutto quello che sa? Non c'è nessuna urgenza, può tranquillamente lasciar passare il trambusto che l'assassinio del commissario sicuramente genererà. E intanto riflettere, meditare, calcolare, prevedere. Adesso però, nella stanzetta sopra la cucina, è anche ora di lasciar perdere per il momento reminiscenze e riflessioni e di concentrarsi su quel che c'è da fare: è ora di muoversi. Sono le quattro, e alle sette lui dovrà fingere di arrivare alla villetta e di scoprire il delitto. Entro le otto dovrà presentarsi in prefettura e dare il via all'indagine.

Ora che non c'è più nessuno, scende a pianterreno e si ferma a guardare, senza emozione, il cadavere del commissario. Donatella Modiano ha sparato bene. È una donna notevole, di molte e impreviste risorse.

Con la macchina di servizio arriva a casa di sua madre. Vive ancora insieme a lei, alla mamma, anche se ha affittato un bilocale per farne la sua residenza ufficiale. Nella stanza, la stessa di quando era studente, si cambia. Ci tiene ai vestiti, gli piace essere elegante, ma in questo caso, come generalmente quando è in servizio, si mette il suo abito da lavoro, vale a dire il peggiore che abbia, tenuto appositamente per questo scopo, e le sue peggiori scarpe. Sempre meglio essere sottovalutati, pensa, considerato che quasi tutti si fanno un'idea di chi hanno davanti al primo sguardo.

Ritorna alle sette nella villetta, vomita nel cesso. *Curare sempre i particolari. Controlleranno.* Arriva in prefettura alle otto meno un quarto, fa rapporto a un allibito funzionario di turno, il quale dà subito tutte le disposizioni necessarie. È lui a preoccuparsi di curare di persona l'ispezione negli archivi e nell'abitazione del commissario. Si accuccia sulla branda che gli hanno fornito, badando bene a dormire completamente vestito, in modo da peggiorare ancora di più il suo aspetto. Attende una chiamata, che arriva puntuale verso le nove della mattina. Deve presentarsi immediatamente nello studio del prefetto. Si sono svegliati, adesso indagheranno. Sale con indolenza ostentata le scale e si affaccia nel lungo corridoio alla fine del quale vede la porta maestosa che è chiaramente la sua destinazione. Accentuando l'indolenza si avvicina al banchetto dell'usciere, che lo squadra malevolo.

«Cosa volete?» gli chiede, inutilmente sgarbato.

Molto bene, pensa l'assistente, stiamo cominciando davvero bene, tutto come previsto, tutto per il meglio.

Stampato da
Grafica Veneta S.p.A., Trebaseleghe (PD)
per conto di Marsilio Editori® in Venezia

EDIZIONE

10 9 8 7 6 5 4 3 2 1

ANNO

2024 2025 2026 2027 2028